Les sorcières de Skelleftestad

tome 2 : Les sœurs Swedenborg

Jean-François Chabas

Les sorcières de Skelleftestad

tome 2 : Les sœurs Swedenborg

Médium
l'école des loisirs
11, rue de Sèvres, Paris 6e

Du même auteur à *l'école des loisirs*

Collection MÉDIUM

L'ange du Namib
La boxe du Grand Accomplissement
La Charme
Le jardin de l'homme-léopard
Les cinq bonheurs de la chauve-souris
J'irai au Pays de licornes
Journal de Mac Lir
Les Monts de l'Éléphant
Perce-Neige et les démons
Prières
La Reine des heures
Saia
Les sorcières de Skelleftestad
(tome 1 : L'étrange mariage de Nils Swedenborg)
Les voyages d'Ino

Loi n° 49.956 du 16 juillet 1949 sur les publications destinées à la jeunesse : janvier 2011
Dépôt légal : janvier 2011
Imprimé en France par Hérissey
à Évreux (Eure) - N° 115024

ISBN 978-2-211-20302-9

Pour Johanna,
tack, tack !

1

Quand elle a eu seize ans, Greta a lâché la bride à sa gourmandise.

C'est-à-dire lorsqu'elle est devenue, elle aussi, une sorcière. Le jour où elle a découvert qu'elle pouvait créer des gâteaux par la seule force de son esprit – qu'il lui suffisait, pour ainsi dire, de penser à un baba au rhum pour qu'il se matérialisât –, notre maison est devenue une pâtisserie.

On patinait sur le sucre glace, on s'empoissait de crème aux amandes.

– J'ai encore taché une robe ! glapissait Agnès.

– Tiens, c'est bizarrement bizarre, il y a du chocolat sur les fauteuils du salon, disait notre père en fronçant les sourcils, pour les hausser tout aussi vite, et s'esquiver en sifflant un air guilleret.

Je regardais mon monde avec la bienveillance un peu hautaine de la sœur aînée, celle qui connaît la vie. Après tout, j'avais seize ans et demi, désormais. J'étais une sorcière accomplie. Du moins m'efforçais-je de m'en convaincre.

Agnès avait trois mois de retard sur moi, Greta en avait six.

Tout cela, pâtisseries éparses et robes choyées, tout cela était bien infantile. Je me préparais, quant à moi, à de grands desseins. Lesquels ? Je n'en avais aucune idée, mais ils étaient forcément immenses. J'allais accomplir, grâce à ma puissante magie, des choses qui modifieraient à jamais l'ordre de l'Univers. Ou du pays. Ou, à tout le moins, celui de notre village de Skelleftestad. Je prenais des poses devant la psyché de la chambre, affichant cette expression d'altier sarcasme que j'affectionnais tant et qui devait, à n'en pas douter, me donner un air intelligent et revenu de tout.

J'étais une belle dinde qui s'ignorait.

Le fait est que nous jouions, mes sœurs et moi, avec le feu, et cela dans un sens qui n'avait rien de figuré. Car si Nils Swedenborg, notre père si adorable et candide, ne se rendait compte de rien, bien que nous agitâmes sans cesse sous son nez les sorts les plus farfelus, il risquait d'en aller tout autrement de la population mesquine et cancanière de notre village. Ingrid, notre mère, nous l'avait expliqué sans détour :

– Les filles, un pas de travers en public, un tour vraiment voyant et inexplicable, et hop ! En grillades ! Les humains n'apprécient pas les sorcières à leur juste valeur. Peut-être est-ce parce que nous sommes malfaisantes, maléfiques, et que nous sommes vouées à faire le mal ? Hou, hi, hi !

– Hou, hi, hi, avions-nous répété sans joie, mais en chœur, Greta, Agnès et moi, car ce « hou, hi, hi » est très communicatif, chez les sorcières. Un peu comme l'envie de bâiller.

Un jour, ma mère m'a attirée à l'écart.

– Johanna, tu es l'aînée…

Je sentais poindre un de ces discours graves et moralisateurs que les adultes s'appliquent à nous délivrer avec tant de componction ; c'était bien mal connaître Ingrid la sorcière.

– … Tu es l'aînée, mais en soi ça ne te rend pas moins bête que tes crétines de sœurs. Cependant, cependant, toi et moi partageons les mêmes défauts. Tu es aussi sarcastique et persifleuse que moi. Ce qui… ne m'interromps pas ! Ce qui est une très bonne chose, parce que au moins tu réfléchis. Bon, tu réfléchis surtout aux âneries des autres, et pas aux tiennes, mais c'est un début. Greta pense avec son estomac, et Agnès ne vit que par ses robes à la noix. Surveille un peu tout ça. Évite les catastrophes. J'ai besoin d'un cerveau en état de marche à la maison, quand je suis absente...

– C'est-à-dire tout le temps...

– C'est-à-dire quand j'ai des obligations professionnelles, mademoiselle l'insolente.

– Faire la nouba avec les collègues, c'est professionnel ?

– La nouba ? La nouba ? Parce que le sabbat, c'est la nouba ? Dites-moi que j'ai mal entendu... Ma propre fille ! Sortie tout droit de mon œuf ! La... nouba ? Tu insultes l'ensemble de la confrérie. J'aime autant te dire que les collègues le prendraient très mal. Figure-toi, figure-toi bien, péronnelle, qu'il y a une éthique du sabbat. Une, un... un code de conduite.

– Oui, oui...

– Parfaitement ! Une déontologie !

– Mais oui, mais oui. La célèbre déontologie des sorcières. C'est bien connu.

– Aaah, ça suffit !

– Tu n'as qu'à nous emmener. Nous pourrons vérifier par nous-mêmes.

– Johanna, tu es têtue comme une mule borgne. Je t'ai répété cent fois que le sabbat n'est autorisé qu'à partir de vingt ans, en âge sorcier.

– De seize à vingt, quatre. Et quatre fois sept… Encore vingt-huit années humaines à attendre comme des gourdes, si je comprends bien.

– Eh oui ! Eh bien, oui ! Je ne fais pas les règles ! C'est édicté ! C'est le code sorcier ! On ne plaisante plus ! Désolée que cela embarrasse certaines !

Ces histoires d'années sorcières valaient à ma mère l'inimitié redoublée des habitantes de Skelleftestad, puisque, les sorcières vieillissant sept fois plus lentement que les humains, Ingrid avait à peine pris une légère ride d'expression, et pas un cheveu blanc, depuis dix-sept ans qu'elle était arrivée au village. Cela ne faisait qu'ajouter à l'exaspération féminine provoquée par sa grande beauté. Les hommes, eux, continuaient à croiser Ingrid la sorcière en affichant des mines avantageuses, ou, selon les penchants de leurs caractères, en lui jetant des regards énamourés et romantiques.

Mes sœurs et moi, étant comme c'est l'usage devenues sorcières à l'âge de seize ans, allions vivre les choses d'une manière quelque peu différente, car si une femme est ravie de voir sa beauté longtemps inaltérée, une très jeune fille ne baigne pas dans la félicité à l'idée de garder une allure gamine pendant une vingtaine d'années. De plus, il nous faudrait très certainement quitter Skelleftestad, car les soupçons deviendraient alors trop violents : nos camarades de classe seraient quadragénaires et mères de famille alors que nous aurions encore, aux joues, le lys de l'enfance.

Oui, oui, qu'on écoute la complainte des sorcières, les incomprises, les réprouvées, pauvres âmes errantes, sans cesse obligées de se dissimuler, alors qu'elles sont, somme toute, inoffensives.

2

Agnès a changé Axel en bolet des pins. C'est qu'elle est d'un caractère quelque peu susceptible. On pourrait dire que c'est le fait d'un atavisme que nous partageons, mes sœurs et moi. Un trait de caractère qui nous vient tout droit de notre chère maman. Notre père, lui, ne voit jamais le mal nulle part, et on viendrait sous son nez lui lancer les insultes les plus outrageantes qu'il y verrait encore une aimable plaisanterie. En seize ans et demi, je n'ai pas le souvenir de l'avoir vu en colère une seule fois ; et je crois qu'il n'a jamais élevé la voix que pour chanter.

Agnès, à l'instar de Greta, de ma mère ou de moi, affiche un tempérament plutôt belliqueux. Nous ne sommes pas exagérément portées à l'indulgence.

Il a fallu qu'Axel fasse le malin ; ce n'est pas une bonne idée de faire le malin avec une sorcière. J'imagine qu'il s'en serait abstenu s'il avait su, mais Axel ne savait pas, et c'est pourquoi il a laissé s'égarer une main sur les fesses de ma sœur.

Ah, les garçons de seize ans sont si pleins de sève, si bouillants de belle énergie !

Tellement idiots.

Fort heureusement, Axel avait perpétré son outrage à l'orée de la forêt, emplacement tout choisi pour la prospérité des champignons. Et par chance, il n'y avait pas eu de témoin. Greta et moi, appelées par Agnès au chevet du bolet tout neuf, sommes venues constater le résultat du sortilège. C'était certes un magnifique bolet des pins, mais enfin, le sort était tout de même irrémédiable – nous n'avions aucun moyen d'annuler notre magie –, et il y avait quelque chose de gênant à imaginer qu'Axel finirait ses jours sous cette forme. Assez rapidement d'ailleurs, car les champignons ne font pas de vieux os.

– Eh bien, voilà, il n'avait qu'à pas... a grommelé Agnès sans finir sa phrase.

– On pourrait le cuire en omelette, a dit Greta. Je plaisantais, a-t-elle ajouté en rougissant, lorsqu'elle s'est rendu compte que nous la regardions fixement.

– Vous croyez qu'il nous entend ? a demandé Agnès.

– Ma très chère Agnès… c'est un bolet, maintenant. Un vrai bolet. Est-ce que tu prétends que ça entend quelque chose, un champignon ? Où sont ses oreilles ?

– C'est bien fait pour toi, a tout de même lancé ma sœur en se penchant sur le bolet des pins.

On sentait cependant que sa voix était mal assurée, qu'elle prenait conscience du côté quelque peu exagéré de la punition.

– Axel ? Axel ?

Nous avons, toutes les trois, exécuté une sorte de gigue de terreur en entendant ces appels, juste derrière nous.

Quand je me suis retournée, j'ai vu la mère d'Axel, Maria Wisborg, une femme au visage fatigué par les éternelles âneries de ses trois fils, dont Axel était l'aîné et le plus digne représentant en matière de stupidités variées.

– Bonjour les filles. Avez-vous vu Axel ? Ce feignant m'avait promis de couper du bois. Ulla m'a dit qu'il était dans le coin, en compagnie d'Agnès.

Nous avons secoué la tête avec énergie. Agnès a pointé un doigt sur sa propre poitrine, écarquillant exagérément les yeux, affichant une expression stupéfaite qui n'allait pas sans quelque insolence parce qu'elle signifiait sans ambiguïté : « Est-ce que quelqu'un me croit vraiment assez désespérée pour traîner avec ce garçon ? »

Madame Wisborg a tiré sur un bouton de sa veste en laine bleue.

– Ah, celui-là ! Encore un train de préparer un mauvais coup ! Si je mets la main dessus ! Ho ! Un bolet ! Vous permettez, les filles ?

– Non ! Non ! ai-je crié. Non, il… il est à nous ! C'est notre bolet !

Il y avait un je-ne-sais-quoi d'épouvantable à imaginer Maria Wisborg en train de cuisiner son fils, même sous forme de champignon. Mais les femmes de Skelleftestad sont têtues, et la mère d'Axel n'était pas décidée à se voir priver d'un splendide bolet des pins. Elle s'est avancée ; Greta a fait un pas de côté pour se mettre en face d'elle, a croisé les bras et, levant le menton, a lancé :

– Si vous voulez ce champignon, il faudra nous passer sur le corps.

– Exactement, a renchéri Agnès.

La mère d'Axel a écarquillé les yeux, qu'elle avait noirs comme de l'encre.

– Ma parole, vous êtes folles comme des lapins ! C'est juste un bolet !

– Oui, mais c'est notre bolet. Le nôtre, ai-je insisté en y mettant beaucoup de conviction.

Maria Wisborg a tourné les talons, grommelant dans sa barbe à propos des mariages d'imbéciles et de pimbêches qui produisaient des dégénérées, avant de se remettre à brailler :

– Axel ? Axeeel ? Ou est-ce que tu te caches, vaurien ? Tu vas voir ce que tu vas prendre ! Axel ?

3

Le jour déclinait sur la grande forêt. Nous allions devoir rentrer ; nous décider, enfin, à abandonner à son funeste sort Axel le bolet des pins. Un coucou a lancé, depuis quelque haute branche, un dernier chant railleur.

– Nous pourrions le cueillir et le garder au frais dans la cave, a proposé Agnès.

– Tu peux même dormir avec, maintenant ; il ne risque plus de te pincer les fesses, ai-je dit avant de me repentir de mon sarcasme.

En moi se livrait la guerre civile du sang-mêlé. La part d'Ingrid l'infâme sorcière qui coulait dans mes veines me poussait à l'hilarité ; la part de Nils Swedenborg le gentil charpentier se désolait du sort funeste d'Axel Wisborg.

– Il faut revenir à la maison, il y a les loups, a dit Greta.

Agnès et moi l'avons aussitôt toisée d'un œil supérieur; certes, il arrivait que des loups vinssent à s'aventurer à l'orée du bois, près de Skelleftestad. Cependant nous n'étions pas des gigots ficelés, mais des sorcières. Et une sorcière qui aurait peur d'un loup, ce serait un peu comme un ours effrayé par un écureuil.

De l'honneur, que diable. Du respect pour la fonction. Le long hurlement qui nous est soudain parvenu, du fond de la forêt, a hérissé le duvet de ma nuque.

– Bien, bien, bien, il est temps d'y aller, j'ai un peu froid, a dit Agnès avec quelque précipitation.

– C'est vrai, ça a bien fraîchi, me suis-je entendue dire.

– Je le cueille, a déclaré Greta.

Et, avant que nous eussions le temps de répliquer, elle avait ramassé Axel, le bolet des pins.

– Ho, hooo! mes filles sont des chasseuses hors repaire! a déclaré Nils Swedenborg en nous voyant entrer dans la maison avec le champignon.

Assez souvent, il faut décrypter son discours; c'est parfois confus.

– Hors pair? ai-je suggéré.

– C'est pas qu'est-ce que j'ai dit ?

– Si, si. Comment s'est passée la charpente, aujourd'hui ?

– Figure-toi qu'à la scierie, le fils Thorbjörn il m'a vendu des chevilles en pin, au lieu de celles en hêtre que j'avais commandées. Si tu saurais comme il était contrarié, quand je me suis rendu compte que c'était pas le bon bois ! Il ne savait plus où se mettre. Pourtant, n'importe qui, il peut faire une erreur, c'est qu'est-ce que je me suis fatigué à lui répéter. Mais les gens scupru… cruspu…

– Scrupuleux ?

– C'est ça, cruspuleux ! Les gens cruspuleux, ils ne supportent pas de se tromper. Il était gêné, mais gêêêné…

Le fils Thorbjörn était une des plus infâmes crapules de Skelleftestad, toujours prêt aux magouilles les plus tortueuses pour y glaner fût-ce un avantage dérisoire. Il ne pouvait pas s'empêcher d'essayer d'escroquer tous ceux qui se trouvaient à portée. Plusieurs fois, il n'avait échappé à la corde que par miracle, et on se tâtait les poches pour vérifier qu'on avait encore sa bourse après l'avoir croisé dans une rue.

– Donc, tu as eu tes chevilles en hêtre.

– Oui, et ce brave petit – ah, j'étais émouvé ! – ce brave petit ne m'a même pas voulu me faire payer de supplément pour le dérangement. C'est un cœur d'or.

Nils Swedenborg avait cinquante-trois ans, il vivait avec quatre sorcières, il était environné de gens qui le flouaient et le raillaient, mais il gardait, contre vents et marées, une âme immaculée. À l'instar de ces personnes que la nature a privées de la possibilité de distinguer certaines couleurs, notre père ne percevait pas le mal.

J'ai posé la main sur son épaule.

– Alors, tout va bien ?

– Ouh là là, plus que bien ! Et je suis sûr que votre mère, elle va bientôt revenir de voyage. J'aurai toutes mes petites femmes rien que pour moi ! Je serai comme on pourrait dire le père et le mari le plus heureux de… de…

– La terre.

– C'est ça ! De toute la terre !

– Ce soir, Greta nous fait de l'älg stek.

– Tu vois ? C'est comme que ce que je disais ! Mes petites fées sont toujours là pour me droloter !

– Dorloter.

– Oui. Droloter.

Nous avons réussi à sauver Axel en déclarant que nous en ferions, plus tard, des conserves dans du vinaigre.

– Ce sera bien meilleur, a déclaré Greta.

Et, comme elle était l'expert culinaire incontesté de la famille, notre père en a été convaincu. Mais cela devenait épuisant, d'avoir à défendre cet imbécile d'Axel contre tous ceux qui voulaient le manger. Ma part de sorcière – qui est, je le crains, un peu plus développée que ma part humaine – me dictait de sauter à pieds joints sur ce satané bolet, qu'on en finisse.

Ce garçon devait avoir une sorte de don, sans magie mais remarquablement efficace, puisqu'il réussissait à se montrer encore plus insupportable et envahissant, sous la forme d'un misérable champignon.

4

Après le dîner, Agnès, qui devait se sentir un peu coupable, a installé Axel le bolet des pins sur une couche de terreau, au fond d'une grande boîte de fer-blanc ayant contenu des biscuits. Elle l'a un peu arrosé, puis elle a posé la boîte dans un coin de la chambre, près de nos nippes entassées.

– Mais s'il pouvait nous voir nous déshabiller ? a demandé Greta.

– Eh bien, ça lui fera une consolation, ai-je répliqué un peu sèchement, parce que ce champignon commençait à me sortir par les yeux. Maintenant, si ça n'embête personne, je voudrais bien qu'on arrête de me parler de bolet, de cèpe ou de trompette-de-la-mort. Ce que je désirerais, si encore une fois ça n'ennuie personne, c'est dormir. Dormir. Merci.

– Mais, Johanna, si sa mère comprend qu'on l'a

changé en bolet ? a murmuré Agnès d'une voix fluette. C'est une histoire à finir sur le gril, comme dirait maman.

– Bien entendu. Très, très crédible. C'est la première chose qui va lui venir à l'esprit, à la mère Wisborg. Tous les jours, des filles changent des garçons en champignons. C'est banal.

– Mais...

– Et puis arrête de dire « on ». « On » ne l'a pas transformé en bolet. « On », c'est toi. Tu t'es très bien débrouillée toute seule. Et maintenant, à partir de cette seconde précise, celle qui m'empêche de dormir avec des questions idiotes, je vous jure qu'elle va en goûter, de la transformation.

« Vlaouifchhh ! »

C'est exactement le bruit que cela a fait, tard dans la nuit, et la pénombre de notre chambre a été illuminée, un court instant, par un éclair bleuâtre.

« Vlaouifchhh ! »

La pièce est redevenue obscure, mais il y avait quelque chose près de nos lits. Quelque chose, ou quelqu'un. J'ai tâtonné pour essayer d'allumer la lampe à pétrole de mon chevet, mais j'ai entendu tousser. Une toux sèche, brève, autoritaire. Mâle.

Le petit couinement terrifié provenant du lit de Greta m'a prouvé que je n'étais pas la seule réveillée.

J'ai inspiré un grand coup avant de demander, d'une voix que je voulais posée et comminatoire mais qui m'a semblé étrangère :

– Il y a quelqu'un ?

Si c'était Axel qui avait recouvré forme humaine, autant lui en imposer d'emblée, parce que l'explication risquait d'être ardue. Mais du centre de la chambre, on m'a répondu.

– Ha, ha ! Ha ! Oui, il, il, il y a qu… quelqu'un. Ha ! Ha ! J… Je suis Ma… Marmaduke !

– Ma… Marmaduke ?

– Marmaduke, Gé… Gé… Génie du M… Mal ! Pour vous… vous asservir !

J'ai enfin réussi à allumer la lampe. Au milieu de notre chambre, se tenait un grand homme maigre, pâle, à la moustache en crochet, habillé de noir et portant sur la tête un haut-de-forme luisant.

– Hiiii ! a fait Greta.

– Haaaa ! s'est écriée Agnès, qui était manifestement réveillée elle aussi, et ne voulait pas être en reste.

En qualité de sœur aînée, j'ai serré les dents, ajusté mon bonnet de nuit, puis j'ai déclamé, avec des accents de grande dame :

– Monsieur ! Que signifie cette intrusion, euh, d'une telle, euh, goujaterie, en pleine nuit ?

– C'est que je, je s… s… suis…

Eh bien, ce Marmaduke était peut-être le Génie du Mal, mais il bégayait. Cela m'a redonné de l'assurance, et je me suis tout à fait redressée dans mon lit. Mes sœurs, ce Génie du Mal et moi pouvions parler aussi fort que nous le voulions, mon père dormait toujours du sommeil du juste. C'est-à-dire qu'il eût fallu se rendre dans sa chambre et jouer de la grosse caisse contre son oreille pour le réveiller.

– J… je suis le G… Génie du M… Mal !

– Vous vous répétez. Et moi aussi, je me répète : Monsieur, que faites-vous dans la chambre de trois jeunes filles en plein milieu de la nuit ?

Marmaduke a rougi ; il a ôté son chapeau, découvrant une étrange coiffure lustrée, qu'une large raie séparait au milieu du crâne. J'ai pensé à Moïse et à la mer Rouge.

Le Génie du Mal tripotait son haut-de-forme.

Greta a éclaté d'un rire nerveux. C'est ce qu'elle fait toujours dans les moments gênants : elle glousse. Marmaduke n'a pas apprécié le tour que prenait sa visite pyrotechnique. Il a remis son chapeau, et ses yeux ont brillé d'un éclat mauvais.

– Je, j… je vous interdis de…

– Oui, oui, nous savons, vous êtes le Génie du Mal, a dit Agnès en pouffant.

Le rire de Greta était communicatif. Je commençais à afficher, moi aussi, un grand sourire, quand Marmaduke a écarté les bras, comme pour s'envoler, mais il n'a pas quitté le sol ; simplement, des serpents se tordaient soudain dans chacune de ses mains. Les reptiles sifflaient, crachaient, ils semblaient au diapason de la colère de leur maître.

– Et… ça ? S… sales gosses ! C'est du p… poulet ? a triomphé le Génie du Mal.

Après un instant de stupeur – plus personne ne riait, il fallait porter cela au crédit de Marmaduke et surtout de ses petits protégés –, j'ai tendu le bras en lançant un sort de disparition, mais il y a juste eu un petit « cling », comme lorsqu'on jette une piécette de laiton contre un mur.

Je voyais que mes sœurs, elles aussi, tendaient frénétiquement le bras en direction du Génie du Mal et de ses mascottes, mais rien ne se passait. Un serpent est tombé à terre.

Je me suis concentrée pour lancer un sort aussi puissant que possible, mais quand j'ai projeté mon doigt en concentrant toute mon énergie, cela n'a, encore une fois, rendu qu'un misérable « cling ».

La moustache de Marmaduke s'enroulait sur elle-même et se déroulait, comme une langue de belle-mère. C'était étrange, car cette apparition avait à la fois quelque chose d'effrayant et de ridicule. S'il n'y avait pas eu les serpents...

– Que voulez-vous, Marmaduke ?

– M... monsieur Ma... Marmaduke !

– Pourquoi êtes-vous là, monsieur Marmaduke ?

L'autoproclamé Génie du Mal a fait disparaître les serpents qu'il tenait dans ses poings.

– Il en reste un ! Il s'est caché sous l'armoire ! a dit Greta.

Marmaduke a haussé ses étroites épaules.

– Il... il a d... disparu avec les autres, ce n'est que le p... produit de ma puissante ma... magie ! Ce que je veux ? Je... je v... veux rabattre le caquet à In... In... Ingrid !

– Maman ? Qu'est-ce qu'elle vient faire là-dedans ? Elle n'est même pas là !

– Je sais b... bien, i... idiote ! J'étais a... avec elle il y a cinq, cinq, cinq minutes !

– Hein ? Où ça ?

– M... mais, au sabbat de Guadalajara !

5

– Guadala… quoi ?

– Gu… Gu… Guadala… lajara !

Rien de tel que l'irruption d'un Génie du Mal bègue dans votre chambre, des serpents pleins les mains, pour bien vous réveiller, même en pleine nuit. Et cette histoire de sabbat maternel dans une ville au nom impossible ? Greta, Agnès et moi avons échangé des grimaces perplexes. Me retournant vers Marmaduke, j'ai vu qu'il triomphait devant notre embarras. Nous ne savions même pas ce que faisait notre mère, ni où elle se trouvait. Nous ne le savions jamais.

– Ha, ha ! a recommencé le Génie du Mal, qui aimait décidément les ricanements. Mais il s'est arrêté net, car, dans un « Vlaouuff » majestueux, Ingrid Swedenborg, la sorcière, notre mère, est apparue à côté de lui. Elle était trop maquillée et sentait très fort la cannelle.

– Alors, fiston, on est venu embêter mes petites chéries ? On veut tâter du sort infernal ?

Marmaduke s'est tout à fait décomposé ; il en a oublié de bégayer.

– Mère ! Je vous assure, je vous jure, que c'était juste pour faire une blague !

Mère ? J'ai cru que j'allais mourir là, sur mon lit, d'une crise cardiaque.

– Mère ? avons-nous répété d'une seule voix, mes sœurs et moi. Comment ça, « Mère » ?

Ingrid a mis les mains sur ses hanches.

– Eh bien, oui. Ce garçon est mon fils.

– Mais… il est plus vieux que toi ! a gémi Greta.

– L'âge sorcier ne fonctionne pas avec lui. Il vieillit comme un humain. N'est-ce pas, mon petit Marmaduke ?

Le Génie du Mal a marmotté une phrase incompréhensible. Notre mère lui a donné des tapes affectueuses sur la joue.

– Mais attention, ce n'est tout de même pas monsieur Tout-le-Monde ! Il a des dons magiques ! N'est-ce pas, mon Duduke ?

– Tu as trompé papa ! s'est indignée Agnès, en sautant à bas du lit, le bonnet de nuit de travers.

– Ah oui ? Réfléchis deux secondes, espèce d'andouille ! Marmaduke a quarante-trois ans ! J'ai rencontré votre père il y a dix-sept ans ! J'ai eu une vie, avant ça ! Qu'est-ce que vous imaginez que j'ai fait, pendant les plus de deux cents années humaines passées sur terre, avant de me marier avec Nils ? Hein ? Du tricot ? Vous croyez que j'ai joué au bridge ?

– C'est... dégoûtant !

D'un sort énergique, Ingrid a renvoyé Marmaduke au sabbat de Guadalajara, qui se trouvait, nous a-t-elle dit, dans les Amériques.

– Ne t'avise pas de revenir ici sans permission, autrement, gare à tes fesses, l'avait-elle auparavant menacé, tandis que le Génie du Mal, la mine penaude, levait la main pour nous saluer.

Nous avons exigé des explications. Notre mère s'est assise en soupirant sur un coffre à vêtements.

– Mes poulettes, ça risque d'être long...

Marmaduke était le fils d'un capitaine de vaisseau anglais, nomme Harold Nutcase, qui avait servi sous les ordres de l'amiral Nelson. Ingrid prenait soin de choisir des époux aux capacités intellectuelles quelque peu limitées afin de n'être pas démasquée, mais avec celui-ci, elle avait forcé la dose. Le capitaine était d'une telle bêtise qu'il s'en trouvait, selon les dires de notre mère, presque effrayant.

Ainsi, lorsque Marmaduke avait été pondu – Ingrid a insisté pour nous dire que c'était le père, et lui seul, qui avait choisi ce prénom –, ma mère avait tout de suite vu que quelque chose n'allait pas : l'œuf était rose, marbré de stries violacées.

– Le pauvre petit ! J'ai su à l'instant qu'il allait, pour son grand malheur, tenir autant de son père que de moi... Un militaire, j'aurais pourtant dû me méfier. Mais ce capitaine avait de si belles moustaches...

Certes, Marmaduke avait pu développer plusieurs dons magiques (il parlait toutes les langues, et exécutait certains tours avec brio), mais c'était très aléatoire. Et l'aléatoire n'a pas de place dans la magie.

– Son bégaiement le complexe beaucoup. Il est très exalté. Il s'est convaincu qu'il était le Génie du Mal. Le pauvre petit, il en est très loin...

On eût dit une mère se désolant des incapacités orthographiques ou mathématiques de sa progéniture.

– Bien sûr, il pourra faire quelques dégâts, par-ci, par-là, je ne dis pas... Mais c'est toujours un peu brouillon, ça ne sera jamais grandiose.

– Combien avons-nous de demi-frères et demi-sœurs ? ai-je demandé, frappée d'une soudaine angoisse.

– Oh, bien… Je dirais !… une vingtaine ? De quatre pères différents. Dans des pays éloignés les uns des autres, afin de ne pas créer de confusion. Mais attention, un seul mari à la fois ! Ne prenez pas votre mère pour une dévergondée !

6

Comme toujours, Ingrid la sorcière, notre mère, a réussi à nous circonvenir ; elle était l'impératrice de la rhétorique tortueuse.

– … Et que je rechigne, et que je chouine, et que je pleurniche ! Snif, snif, maman a d'autres enfants, snif, snif, nous sommes jalouses ! Vous devriez avoir honte !

– Nous ?

– Oui, vous ! Ingrates ! Filles dénaturées ! Ce que vous ne comprenez pas, mesdemoiselles, c'est que la présence de Marmaduke dans votre chambre est la preuve, s'il en était besoin, de mon amour maternel !

Agnès a donné un coup du plat de la main sur son couvre-lit brodé.

– C'est la meilleure !

– Parfaitement ! Mais parfaitement ! Ma tendresse de mère ! Ma trop grande sentimentalité ! Ce cœur qui bat si fort, trop fort… c'est mon point faible. Laissez-moi m'expliquer. Pourquoi Marmaduke a-t-il débarqué chez vous ? Humm ? Pourquoi ? Il y a bien une raison ?

– Parce qu'il est maboul, a dit Agnès. Parce qu'il est sorti d'un œuf de fête foraine.

– Un œuf fêlé, ai-je ajouté.

– Un Anglais, en plus ! Quelle horreur ! a grommelé Greta.

– Là n'est pas la question. Pourquoi ? Eh bien, parce qu'il est jaloux, voilà pourquoi ! Parce que à chaque sabbat je parle de vous, je leur rebats les oreilles avec mes discours sur mes charmantes filles ! Voilà ce qui se passe ! Vous êtes mes chouchoutes !

– Tu ne nous auras pas par la flatterie, ai-je répondu en essayant de conserver une mine sévère, mais déjà mon cœur fondait.

– Tu sens le gâteau, a dit Greta.

– Elle est jolie, ta robe, a dit Agnès.

Ingrid, notre mère, nous avait reconquises sans effort.

– Marmaduke ne viendra plus vous déranger, je peux vous le garantir. Il a une peur bleue de n'être plus emmené aux sabbats, parce qu'il n'a pas beaucoup de sorties, ce gaillard, a dit notre mère. Bon ! Je vais aller voir Nils, il adore que je le réveille. Bonne n... Mais... attendez un peu... ça sent la magie métamorphique, dans cette chambre ! Il y a... Approchez ! Moui, Greta est bien Greta... Agnès... Oui, c'est Agnès... Johanna... c'est toi... Qu'est-ce que c'est que ce cirque ? Il y a pourtant un être humain transformé, dans cette pièce, ou je n'ai plus de flair ! Hooo, mais... le champignon ! Le bolet ! C'est ça ! Nom d'un chien ! Pas possible, vous êtes bouchées à l'émeri ! Combien de fois faudra-t-il que je vous dise que vous finirez par vous faire surprendre, à lancer des sorts dans tous les sens ? Laquelle d'entre vous a été assez...

Agnès a levé une main timide.

– Mais il m'avait peloté les fesses ! a-t-elle protesté, avant que notre mère eût pu se mettre à brailler.

L'œil d'Ingrid la sorcière s'est éclairé d'une lueur de grand intérêt.

– Ah, oui ? Qui ça ?

– Axel Wisborg.

– Il y a eu des témoins ?

– Oh, eh, non, bien sûr que non. Je ne suis pas folle.

– Le fils Wisborg... Il n'est pas mal.

– Maman !

– Il n'est pas vilain garçon... Il a les mollets bien tournés, et un...

– Mais, euh, Maman !

– Non, c'est vrai, objectivement, j'aurais votre âge...

– On croit rêver. Donc, sous prétexte qu'il serait joli garçon, il aurait eu le droit...

– Je n'ai pas dit ça. Ce qu'il y a, c'est que, si on se met à transformer en bolets tous les gaillards de son âge qui touchent les fesses des jolies filles, il va falloir prévoir des champignonnières ; beaucoup de champignonnières.

– Maintenant, Axel va finir sa vie en bolet des pins, c'est un sort irréversible ! a gémi Agnès, avant d'éclater en sanglots.

– Irréversible pour vous, mes cocottes. Heureusement qu'Ingrid, la talentueuse sorcière, est un peu plus puissante que ses gourdes de filles ! Sortez-moi de là ce champignon, que je m'occupe de son cas.

Nous avons porté le bolet jusqu'à la lisière des bois. Il faisait froid et, malgré nos pèlerines, nous grelottions. Ma mère, elle, avait l'air tout à fait à son aise dans sa robe tropicale.

– Vous pouvez danser la polka si vous le désirez, nous avait-elle dit, je nous ai concocté un bon sort d'invisibilité. Pas un seul de ces cancrelats de Skelleftestad ne peut nous voir. Allez, faites un peu les folles ! Non ? Ouh là là, c'est terrible ce que mes chéries peuvent être sérieuses !

Un gros hérisson s'est roulé en boule, tandis que nous passions près de lui. Il y avait, dans sa technique de protection, quelque chose de dérisoire et de touchant ; j'eusse aimé, je crois, imaginer qu'il me suffirait de hérisser mes piquants pour être à l'abri des cruautés du monde. Ainsi, nous devions partager notre mère, et bien plus que je ne l'avais imaginé.

– Là ! Il sera très bien ! a lancé Ingrid.

Agnès a sorti de la boîte le bolet des pins, et l'a posé contre un gros épicéa. Le temps qu'elle se relève, Axel Wisborg se tenait là, devant nous ; nu comme Adam. Il clignait des yeux, donnant l'impression de s'être éveillé d'un long sommeil.

– On pince les fesses de ma descendance ? a demandé Ingrid.

– Qui ? Comment ? a gémi Axel avant de se rendre compte de sa nudité.

Il a ouvert de grands yeux, ramassé une branche de houx, l'a collée contre son bas-ventre, et a fait une grimace à cause des feuilles piquantes. Il était hébété ; je pouvais presque voir à l'œuvre la mécanique affolée de son cerveau tout juste sorti de ses brumes végétales.

– Je ne les ai pas pincées, a-t-il déclaré tout à trac. Je les ai…

– Tapotées ? Effleurées ? a suggéré Ingrid, arborant une expression de candeur qui ne lui ressemblait guère.

Mais Axel Wisborg semblait plutôt dépassé par les événements. Il s'est écarté d'un bond, puis s'est enfui en courant, jetant derrière lui la branche de houx.

– Oh non ! Il va tout raconter ! me suis-je écriée, essayant de rattraper le garçon avec un sort rapide, bien qu'il fût déjà loin.

– Ça m'étonnerait, a dit ma mère, puisant un pétale de fleur tropicale dans son décolleté. Je lui ai jeté un double sort, bien solide. Il aura tout oublié quand il frappera à la porte de sa maison ; je voudrais bien être là quand Maria Wisborg va découvrir son grand garçon nu comme un ver, en pleine nuit. Quelque chose me dit que votre Axel va passer un mauvais quart d'heure.

Nous revenions chez nous lorsque Agnès a demandé :

– Double sort ? Pourquoi « double » ?

– Ah, oui, j'oubliais : en plus de ne rien se rappeler de ces trois derniers jours, votre Apollon va aboyer pendant la semaine qui vient.

– Aboyer ?

– Comme un terrier, si j'ai bien dosé mon sort. Hou, hi, hi !

– Hou, hi, hi !

7

– Mes filles, si vous savriez comme je suis content de votre maman elle est reviendue !

La joie de Nils Swedenborg était contagieuse, et d'ordinaire, elle me forçait moi-même à la gaieté. Mais c'était assez troublant d'être assise en face de lui, à la table du petit déjeuner, ayant appris au cours de la nuit que quatre maris l'avaient précédé, dans la longue vie de notre mère. Aussi déconcertant de concevoir qu'une vingtaine de frères et sœurs avaient été pondus par Ingrid, qui en Afrique, qui en Angleterre, qui aux antipodes, comment savoir ? Questionner notre mère plus avant ? Si elle daignait me répondre, je n'avais qu'une relative confiance en la sincérité d'une sorcière, la franchise n'étant pas leur qualité première – je le savais, et pour cause : j'en étais une moi-même.

Je discernais également une ombre sur le visage de Greta, et celui d'Agnès.

– Ho, hooo! a dit notre père. Mes petits cœurs sont fatigués! Vous avez régulé des comptes à coups de polochon, cette nuit, pas vrai? J'ai semblé cru entendre du bruit un peu avant que votre maman arrive!

J'ai imaginé Nils Swedenborg entrant dans notre chambre pour y découvrir Marmaduke, le prétendu Génie du Mal, en train de jouer au yo-yo avec sa moustache et d'agiter ses serpents. Mon père n'y eût pas vu malice; quelque explication bienveillante se fût tout aussitôt présentée à son esprit d'homme de bien. J'avais envie de lui crier:

– Tu es marié depuis dix-sept ans avec une sorcière qui fait la fofolle à Guadalajara après avoir semé des enfants partout! Et tes filles aussi sont des sorcières! Greta est une pâtisserie sur pattes, et Agnès a une garde-robe qui ferait pâlir la princesse Ingeborg! Ce n'est pas bizarre? Non? Nous sommes démoniaques! Regarde ta femme et tes filles! Nous sommes les servantes des ténèbres!

Cela m'a pourtant semblé hors de propos; un beau soleil pénétrait par la fenêtre de la cuisine, un roitelet lançait des trilles enthousiastes depuis une branche de l'arbre qui jouxtait notre maison, et je tenais une tartine de pain bis recouvert de confiture de myrtille. C'était assez peu représentatif, en fait de mise en scène pour une servante des ténèbres.

Ingrid me lorgnait d'un œil inquisiteur.

Agnès et moi sommes allées laver le linge à la Skellefte. La rivière était étincelante. Nous eussions aussi bien pu effectuer des lessives magiques, mais Ingrid tenait à ce que les tâches domestiques fussent autant que possible accomplies de façon traditionnelle. On ne devait pas, nous avait-elle expliqué, user des tours, sorts et malédictions en toutes circonstances, faute de quoi on était à peu près certain de se faire prendre à force de laisser-aller. Elle donnait pour exemple une de ses anciennes connaissances, un sorcier du Svealand, nommé Oscar, qui avait allumé sa pipe avec le bout de son doigt ; il avait acquis cette habitude, et c'était en vérité bien plus pratique que de chercher son briquet, de le battre, ou de mettre la main sur une boîte d'allumettes de sûreté. Seulement, cette fois, Oscar avait accompli son petit tour devant ses partenaires de domino, à la taverne. Et on ne peut guère nier qu'un doigt allume-pipe attire l'attention. Ces gens du Svealand avaient de l'imagination : au lieu de brûler le fumeur de pipe diabolique comme c'était l'habitude en cas de sorcellerie, on avait décapité Oscar, puis on l'avait démembré, et on avait écrasé les morceaux sous de gros rochers, éloignés les uns des autres de plusieurs dizaines de lieues. Cette brave population tenait manifestement à la certitude que l'horrible sorcier allumeur de pipe ne parvînt pas à se rafistoler.

Le plus représentatif de l'anecdote, disait Ingrid, était que son ami Oscar avait toujours été l'objet d'une grande affection, de la part de tous. Les enfants du Svealand avaient sauté sur ses genoux, les hommes appréciaient sa compagnie, et les femmes avaient un faible pour lui. On n'ose concevoir le traitement qu'il eût reçu s'il avait été détesté.

Pour finir, il nous était donc très fortement déconseillé par notre mère, Ingrid la sorcière, d'exercer des talents magiques à des fins quotidiennes, à moins de nous montrer absolument certaines de n'être pas observées. Et je dois dire que la perspective de périr découpées comme de la volaille avait un je-ne-sais-quoi de dissuasif qui nous incitait, mes sœurs et moi, à l'obéissance.

8

Une petite chatte, au pelage écaille de tortue, est passée près de notre lessive. Elle a dit :

– Yeurk ! De l'eau !

Je lui ai fait un clin d'œil et, d'une pichenette, envoyé quelques gouttes ; après un brusque écart, elle a levé une queue dédaigneuse et s'est éloignée, de cette démarche peu assurée qu'ont les très jeunes animaux. Je me suis sentie proche de ce chaton, bien plus que je n'eusse pu l'être autrefois, quand je n'avais pas encore seize ans et que je n'étais qu'humaine. Les sorcières ont un lien inaltérable avec la nature, lien qui ne cesse de croître avec les ans. Protéiformes, nous sommes à la croisée des routes entre l'homme, l'animal, le végétal, le minéral, et les énergies intangibles de cette nature. Nous y puisons, m'avait dit Ingrid, notre essence, la plus grande part de notre souveraineté. Ce qui explique que les sorcières des grandes villes – chacun le sait – sont infiniment moins puissantes que celles vivant dans les bois, les montagnes, ou au bord des mers.

Ainsi les sorcières citadines font-elles pousser des plantes en pot sur leur balcon, dans leur salon, leur chambre, jusque dans leur salle de bains, emplissent-elles leur logis de bois flotté, de cristaux – améthyste, autres quartz blancs, transparents et noirs –, de galets de rivière, ainsi élèvent-elles des animaux domestiques – chats, chiens, furets, varans, poissons en bocal ou serpents –, mais ce n'est jamais qu'un piètre succédané ; un triste ersatz. Un palliatif, pour tout dire.

Une sorcière se nourrit de la course des bêtes sauvages, de celle des eaux vives, de l'énergie d'une terre offerte au ciel et non recouverte de macadam, de la sève des grands arbres. Et, accessoirement, du muguet, des roses trémières, des coquelicots, des pensées et des primevères. Des crocus, alliés minuscules, mais très actifs, de la forge magique. Une sorcière se repaît de l'air brassé par les vents du nord.

En ce jour de lessive dans les eaux scintillantes, je regardais les truites qui, rapides, semblant se disputer la tête de leur cortège, passaient en ondulant sous la surface de la Skellefte, et je leur disais, in petto :

« Nagez, nagez, vous nourrissez ma force ! »

Je ne l'ai pas formulé à voix haute ; il me paraissait souvent que la magie, et les pensées afférentes, devaient être gardées pour la sorcière. Qu'on pouvait acquérir plus de pouvoir en ne révélant pas – même à ses sœurs – tout ce que suggéraient les puissances occultes.

Les poissons, eût-on dit, accéléraient leur allure pour me plaire. Agnès m'a arraché des mains la robe que je lavais.

– Mais ! Johanna ! Tu tiens ta planche à lessiver à l'envers ! Et… bon sang ! Frotte doucement ! c'est de la soie chinoise ! Ça se brosse dans le sens de la fibre ! D'ailleurs, ça ne se brosse pas, ça s'effleure.

– Dis donc, Miss Coquetterie ! Tu veux que je t'effleure dans le sens de ton poil chinois ?

– C'est ma robe !

– Alors lave-la toi-même, espèce de mijaurée !

– Ma chère Johanna…

Ingrid la sorcière, ma mère, m'avait tirée à l'écart de mes sœurs ; notre père était encore au travail. Il se démenait depuis une semaine sur la charpente compliquée d'une ferme très ancienne, activité ardue qui réjouissait l'homme féru de perfection.

– À un moment, j'ai eu un vrai apeurement, vu que j'ai cru qu'y avait des insectes xylophages. Mais en fait, non. C'est juste que les poutres, elles sont très vieux.

Xylophages ? La passion produit des merveilles, dans n'importe quelle cervelle.

Ma mère, carrée dans le fauteuil du salon, sans aucun doute ravie d'être pour un temps éloignée de son mari fantasque et de ses deux autres filles – la gloutonne et la reine de la toilette –, joignait l'extrémité de ses doigts, arborant ce masque impassible dont je ne savais que trop bien qu'il pouvait dissimuler n'importe quoi, de la joie sarcastique à la fureur la plus extrême.

– Ma très chère fille…

J'ai entendu au loin le jappement d'Axel Wisborg, au son caractéristique. Le garçon en avait encore pour trois jours d'aboiements. Je n'ai pu m'empêcher de sourire ; j'ai même failli lâcher un hou, hi, hi, mais étant donné l'expression de ma mère, j'ai jugé prudent de m'en abstenir.

– Ma très, très chère Johanna, tu es bien une sorcière, n'est-ce pas ?

D'un frémissement de l'index, j'ai fait apparaître une petite salamandre rouge vif, sur la table du salon.

– Parfait, parfait ! Nous sommes d'accord, a dit Ingrid en ouvrant à distance la fenêtre, envoyant voler par l'ouverture, sans la toucher, la petite créature. Tu es donc… une sorcière. Enfin, une sorte de sorcière. Mais pour l'instant, tu avoueras que ce n'est guère brillant.

J'ai haussé un sourcil.

– Ma fille, je te rappelle que tu es l'aînée. Tu te dois de montrer l'exemple. Les deux morveuses se gavent de gâteaux et entassent la nippe, soit. C'est bien peu ambitieux, mais c'est déjà une approche. Et toi ?

Moi ? On verrait. On verrait ! Quand je serais prête, le monde tremblerait.

Ingrid, qui avait lu dans mes pensées, s'est accoudée au dossier de sa chaise, a rejeté derrière son oreille une mèche de ses longs cheveux. Ma mère était si belle. Mais son expression est devenue tout à coup si féroce.

– En termes techniques, chère amie, on appelle ça de la procrastination.

J'ai haussé mon second sourcil. Ingrid a frappé du poing sur la table. Le couvercle du compotier qui trônait au milieu la nappe a protesté, d'un « ploung » véhément.

– Du latin *pro* («partisan de»), espèce d'inculte, et *crastinus* («du lendemain»), espèce d'ignare! Tu commences à comprendre, tire-au-flanc? Je m'en tamponne, moi, des «on verra ce qu'on verra, vous verrez ce que vous verrez, ils verront ce qu'ils verront»! Je veux de l'action! De la magie! Et de la noire! Je veux de l'épouvantable et du sinistre! Je veux de l'atroce! Il ne sera pas dit qu'Ingrid a pondu des incapables!

– Mais… et les autres frères et sœurs? ai-je timidement demandé.

9

Ma mère a pincé la racine de son nez, juste entre ses yeux. La pression y a laissé deux profondes traces d'ongles.

– Les autres ? Tu cherches à m'achever ? Tu veux me faire vieillir avant l'heure ? Tu tiens à ce que je me tape un ulcère ? À ce que je me supprime à l'eau bénite ? Les autres ! Tes fameux demi-frères et sœurs ? Par le Tentateur, Johanna, ne me parle pas de cette bande de minus !

– Euh, mais… et l'instinct maternel ? Ce sont quand même tes enfants !

– Exactement ! Oui ! C'est ça, le drame ! S'ils étaient à quelqu'un d'autre, je pourrais au moins en rire. Mais je les ai pondus, pas de doute ! Ahhhhrrrr… ils me démoralisent. Tu as vu Marmaduke ? Hmm ? Tu comprends ce que je veux dire ?

Chaque fois que je le croise, je suis prise d'une de ces envies de lui coller une mornifle ! C'est un attrape-taloche. Je le traîne aux sabbats comme un boulet. Est-ce que je t'ai raconté la fois où il a voulu se transformer en montgolfière ? Il m'a fallu une semaine pour le faire dégonfler. Il avait perdu toutes ses dents, ses cheveux, et ses yeux pendaient de ses orbites sur ses joues. Ah, il était beau à regarder ! Il était brillant ! Et le tout devant les collègues. J'aurais dû l'abandonner devant un couvent à sa naissance. Ça aurait donné du fil à retordre aux bonnes sœurs et à toutes leurs amies punaises de sacristie. Elles auraient médité sur la patience et le sacrifice, et même sur toute la panoplie des vertus chrétiennes, c'est moi qui te le dis. Elles en auraient tendu, de la joue gauche.

– Ils… ils sont tous comme ça ?

– Non, Belzébuth merci, il y a des limites à mon masochisme, je n'ai pas épousé que des militaires. Un seul m'a suffi pour quelques centaines d'années terrestres. Parce que, pour ce qui est du concours de patates, Marmaduke tient le pompon. Haut la main. Génie du Mal ! C'est à pleurer ! Génie du Mal ! À côté de lui, même ton père est un prodige des choses de l'esprit.

– Arrête de parler de papa comme ça. Pense-le si tu veux, mais ne le dis pas devant moi.

– Johanna, tu sais bien que Nils est mon petit mari chéri ! C'est déjà remarquable, pour un humain ! Marmaduke, c'est juste mon fils. D'ailleurs, autant t'avouer que j'ai un faible pour les sorcières. Les sorciers, ils ont quelque chose en moins. Ou en trop. Va savoir.

– Bravo, au temps pour le fameux amour maternel ! Mais ne détourne pas la conversation. Je refuse – ça fait cent fois que je te le dis – d'entendre des horreurs sur papa.

– Tu ne vas pas oser prétendre que c'est ma faute, s'il est bête à manger de l'avoine.

– Ça suffit !

– Oui, bon, eh, ho ! C'était juste pour établir une comparaison entre ton père et mon fils de capitaine. Comparaison à la faveur de Nils, je te le ferai remarquer. Et puis Nils, au moins, il est gentil. Facile à vivre, pas contrariant pour un kopeck. Marmaduke, c'est l'andouille archétypale, et pas particulièrement sympathique. Le chromosome martial, sans doute. Alors, d'accord, tes autres demi-frères et demi-sœurs sont un peu moins… un peu plus… éclairés. Mais dans l'ensemble, c'est navrant. Johanna, je m'inquiète.

On dirait que la jeunesse n'a plus la foi. Que rien ne vous intéresse. Vous êtes de vraies chiffes. Pourtant j'avais fondé de grands espoirs en toi, ma fille. Dès que tu es sortie de l'œuf, j'ai compris que tu allais faire des étincelles. En tout cas, je l'aurais juré. Ça sentait le soufre. Tu me diras que c'est normal, une odeur de soufre, à une naissance de sorcière, mais là, c'était irrespirable. Très bon augure. Et puis, rien. Tu as fait long feu. Il faut te reprendre, arrêter de rêvasser. Du concret ! Du consistant ! Donne-toi un peu de mal pour en faire ! On finirait par te prendre pour... je ne sais pas, moi ! Une fée ! Ou même... pour une humaine...

Devant l'insulte, je me suis cabrée.

Ah, on me prendrait pour une humaine ? Ah, j'étais la molle et consentante victime du *pro crastinus* ? On allait voir !

Je me suis enfoncée dans le bois, écrasant l'humus à grandes enjambées furieuses. Voulant me prouver mes talents, je me suis envolée d'un trait dans les hautes branches d'un orme (c'était humain, ça, hein ?) et, l'œil courroucé, j'ai considéré le paysage. Un martin-pêcheur volait au ras de la surface de la Skellefte, et, loin au-delà des maisons de Skelleftestad, une mer étale recouvrait son monde vaste et obscur.

Ah, oui ? On voulait du cataclysme ? On me réclamait du cauchemar ? On n'allait pas être déçu ! Les dix plaies d'Égypte prendraient des allures de douce sinécure, comparées à ce que je ferais subir à Skelleftestad ! Ma mère elle-même me supplierait de mettre fin aux sévices infligés à une population malade d'une abjecte terreur.

10

Ce n'était pas que je manquais d'imagination ; j'en avais trop. Les idées les plus insolites me traversaient l'esprit.

« Et si je transformais l'eau en vin ? Hmmm... j'ai l'impression que ça a déjà été fait, et puis il y aurait une quantité d'ivrognes au village pour fêter ça. »

« Ou alors je fais pleuvoir des... des... des cafards ! Une bonne averse de cafards, une toise de cafards dans les rues de Skelleftestad ! »

« Je leur fais pousser à tous une oreille à la place du nez, et, tiens, je leur mets une autre oreille sur le haut du crâne, en crête de coq ! »

« Et si je donnais aux hommes des voix de femmes, et aux femmes, des voix d'hommes ! Ha ! Ha ! Ulla avec la voix du père Thorbjörn ! Et le père Thorbjörn avec la voix d'Ulla ! Ha, ha ! ha ! La tête du vieux ! »

Je m'amusais tellement à ces évocations que j'ai failli en perdre ma mauvaise humeur ; fort heureusement, pour me remettre sur mes rails infâmes, l'insinuation de ma mère a résonné dans mon crâne, en écho : « On te prendrait pour une humaine... »

Remontée comme un coucou suisse, j'ai repris ma satanique recherche. Autant les occasions de faire le bien demeurent assez limitées, autant il est impressionnant de constater l'étendue des possibilités de nuisance, surtout si on est doté de pouvoirs magiques. On s'y perd comme une élégante dans une bijouterie. Mais peut-être est-ce là une approche de l'existence propre aux sorcières...

Je n'en suis pas convaincue. Les humains sont assez imaginatifs, eux-mêmes, en matière de nocivité. C'est impressionnant, ce qu'ils peuvent accomplir sans le secours de la moindre magie.

« Je fais venir dans le village tous les ours du Norrland et de la Dalécarlie, et je remplace les balles et les plombs des cartouches des chasseurs par des bourres de coton multicolores. Et allez, tant que j'y suis, j'invite les loups. »

« Je fais disparaître les zizis de Skelleftestad. Plus un seul zizi. »

Cette pensée, je m'en suis aussitôt rendu compte, m'avait été dictée par le souvenir de la vision d'Axel, juste avant qu'il ramassât la branche de houx. C'était la première fois que je voyais un garçon nu. L'appendice était relativement peu gracieux, selon moi. Est-ce que notre mère n'avait pas fait allusion à cela, quand elle m'avait dit que les sorciers avaient peut-être quelque chose en trop ? Les sorcières entretiendraient-elles des griefs particuliers envers les zizis ? Il leur en fallait bien, pourtant, si elles voulaient procréer. Plus de zizis, à long terme, plus de sorcières.

«Johanna, me suis-je réprimandée, assise sur ma branche d'orme, vise plus haut. On te parle de grandeur magique, on t'exhorte à te dépasser, et toi, tu penses zizi. De la hauteur ! De la perspective ! »

« Et si je faisais danser ces braves villageois des jours, et des jours, et des semaines, au rythme de la musique des Enfers, jusqu'au trépas ? Une gigue fatale, une farandole *ad mortem*… »

Là aussi, il y avait une sorte de familiarité dans l'idée. Une impression de déjà-vu. Tout ce choix dans la crapulerie, toutes ces possibilités de turpitude… je m'y perdais.

Je me suis un peu alanguie, sur ma branche. J'ai fermé les yeux, appuyant ma tête contre le tronc du grand arbre. Des corneilles bavardes et querelleuses sont passées près de moi. J'ai entendu le souffle de leurs ailes qui battaient l'air sec.

Les pensées sensationnelles, les inventions révolutionnaires, les découvertes grandioses naissent si souvent d'un cerveau à l'état de torpeur ; ainsi Archimède, jaillissant du bain où il somnolait, pour crier : « Eurêka ! »

Je n'ai rien crié, mais j'ai ouvert grand les yeux, hoché la tête, et souri.

J'avais mon idée.

Je suis rentrée à la maison en plastronnant.

– Voilà ma jolie petite crevette de fjord, ma belle Johanna ! a lancé mon père, une gouge dans une main, une varlope dans l'autre. Ma fille, je vais fabriquer un autre séchoir à linge, comme qui dirait pour aider à mieux faire... à mieux faire sécher le linge, on pourrait dire.

Un séchoir à linge ! L'inconscient ! Il abritait en ses murs un être démoniaque, qui s'apprêtait à répandre la désolation dans la région.

– C'est bien, ai-je concédé, magnanime.

À la cuisine, Ingrid la sorcière préparait une soupe aux yeux de mouton. Encore. Ce n'est pas mauvais, le goût en devient d'ailleurs plus subtil lorsqu'on est devenue sorcière, mais point trop n'en faut.

– Maman ! Pourquoi est-ce que tu ne laisses pas Greta faire la cuisine ?

– Et d'une, on aurait droit à du sucré à tous les repas. Ça donne des caries. Et de deux, la soupe aux yeux de mouton, c'est une tradition. On ne plaisante pas avec la tradition. Et de trois, une sorcière, ça s'entraîne. Eh oui, même moi, je dois m'entraîner. Touiller, c'est quand même une des bases. On doit réviser ses classiques. L'excellence se reconnaît à la qualité d'exécution des tâches ordinaires. Il y a deux cents ans, vois-tu, on avait pour habitude…

– Pfff! Les concoctions, les mixtures, les potions, c'est bon pour les sorcières de bas étage.

– *Look who is talking !* comme dirait cet imbécile de crétin de Marmaduke.

– Qu'est-ce que tu sous-entends ?

– Je ne sous-entends rien, j'affirme : ce n'est pas une sorcière bancale qui va me donner des leçons. Tu n'étais même pas une étincelle dans l'œil du grand-père de ton père que j'en remuais, de la mixture. Et tu connais une sorcière plus forte que moi ?

– Non.

– Ha ! Tu vois ! Hou, hi, hi !

– Non, forcément, puisque je n'en connais qu'une : toi. Hou, hi, hi.

– Johanna, tu commences à m'échauffer sérieusement les…

– J'ai l'idée.

– Quoi ? L'idée de quoi ?

– Un sort ignoble, pour Skelleftestad.

– Ignoble, ignoble… c'est vite dit ! Vide ton sac.

J'ai tout bien expliqué à ma mère ; cela n'a guère pris de temps. Ingrid en a laissé tomber la grande cuiller de bois dans la marmite.

– Dans mes bras, Johanna ! Je suis fière de t'avoir pondue ! Puissant, de bon goût, dévastateur, et simple ! Surtout, simple ! Rien de tel qu'un sort sans chichis.

11

Ma mère et moi avons décidé que je lancerais mon sort au cours de la nuit. C'était un travail ardu, malgré son aspect élémentaire, et j'allais devoir y consacrer une grande énergie.

Ingrid m'avait vivement recommandé – je l'eusse fait de toute manière – de protéger mes sœurs contre le maléfice.

– Quant à moi, m'avait-elle dit, je suis immunisée contre ce que mes enfants pourraient tenter envers ma charmante personne. J'y ai veillé dès avant votre naissance. N'y vois aucune défiance personnelle, c'est juste que le sentiment filial est parfois un peu dévoyé dans notre confrérie. Alors on prend quelques précautions, même si – heureusement, ce serait invivable – on sait qu'elles sont inutiles…

La lueur de ses yeux jaunes démentait tout à fait son propos. Je ne croyais pas qu'il y eût une seule créature sur cette terre à laquelle Ingrid fût prête à accorder le moindre crédit. J'étais sûre qu'elle se méfiait de son reflet dans le miroir. Mais c'était inhérent à la condition de sorcière ; après tout, n'étais-je pas la première à me redouter moi-même ? On ne possède pas de tels pouvoirs sans être tenté de les utiliser au gré de ses humeurs, et parfois, on voudrait s'attaquer à l'ennemi le plus proche qui nous soit proposé par la vie : nous.

On racontait que Selma, une sorcière du Nord, s'était un jour volontairement transformée en oie, à jamais, sans espoir de retour vers son ancienne condition, lassée par la vie démoniaque qu'elle menait. Elle avait voulu partir avec les grands oiseaux migrateurs, et, du ciel, à jamais délivrée de ce fardeau du mal, contempler l'univers des humains, celui des magies perverses, avec la simple cervelle de l'oie qui ne souffre d'aucun dilemme, occupée seulement à suivre le grand V de ses congénères, à accomplir ce que lui dictait son instinct primaire, préoccupée de manger, de voler, et de se reproduire sans que vinssent à sortir de ses œufs autre chose que des oisons duveteux.

J'ai attendu que le village fût endormi, et je suis montée sur le toit de notre maison, prenant garde à ne pas déranger les bardeaux de mélèze grisés par le passage des saisons.

Il faisait froid, bien que l'automne eût à peine entamé sa course. La lune dévoilait un quartier turc, à la luminosité trop faible pour qu'un habitant du village pût m'apercevoir, perchée là-haut comme une chouette guettant des rongeurs imprudents. Il faisait cependant assez clair pour moi. Rien n'entraverait mes desseins.

Agnès et Greta trépignaient dans la chambre.

– Je ne vois pas pourquoi nous n'aurions pas le droit de l'accompagner, avait dit Greta.

– Ces histoires d'aînesse, c'est scandaleux, avait renâclé Agnès. Johanna n'a que trois mois – trois mois humains – de plus que moi, alors vraiment, c'est ridicule.

Ingrid avait croisé les bras.

– Fichez-lui la paix. C'est son sort.

– Oui, mais nous…

– Vous êtes des jeunes personnes qui voulez rester présentables, agréables à l'œil, avait susurré Ingrid.

– Et qu'est-ce que c'est censé vouloir dire, ça? avait demandé Agnès d'un ton méfiant.

– Je ne sais pas… Supposons – c'est une supposition – que vous vous réveilliez demain avec le visage couvert de verrues de la taille d'une pièce d'une couronne...

Ma sœur coquette avait reculé d'un pas.

– Et supposons que vous perdiez vos cheveux par poignées. Et que votre peau devienne verte...

– Nous sommes tes filles ! avait dit Agnès.

– Mais c'est pour ça que j'en serais très peinée. Ce serait une sorte de tragédie, pour un cœur de maman. J'aurais du mal à m'en remettre.

Nils le charpentier, notre père candide, était passé dans le couloir, chandelle à la main.

– Je vais me coucher ! J'ai un chantier, tôt demain, un de ces travail aux petits haricots, je m'en frotte les mains !

– Aux petits oignons, avait grommelé Greta, énervée.

– Oignons. Petits oignons. Oui. Alors, tu viens, Ingrid ? J'ai besoin qu'on me réchaufferait les pieds, dans ce grand lit, hu, hu !

– J'arrive. Je discute un peu avec ces demoiselles. Nous parlons chiffons.

– Pour le ménage ?

– Gniiilsss... C'est une image. Nous papotons mode. Vêtements.

– Ah oui ! Ah bien, c'est vrai que c'est pas croyable comment qu'avec aussi peu d'argent vous pouvez avoir autant de robes, et tout ça. Surtout Agnès.

– Hou, hi, hi. Nous sommes les reines de la couture.

– Ça, c'est sûr, et… sûrement. Les filles, c'est compliqué, moi je trouve. On dirait presque qu'y a de la magie.

– C'est ça, c'est tout à fait ça.

Sur le toit, j'ai fini par oublier mes sœurs, ma mère, et mon père au cœur d'angelot. J'ai inspiré fort, emplissant mes poumons de pénombre, et j'ai fait appel aux plus grandes des forces. J'ai arrondi mes bras, pour englober toutes les maisons de Skelleftestad. Je les ai appelées à moi, j'en ai nommé, si vite que mes lèvres ne pouvaient le prononcer, chaque habitant. J'ai répandu sur eux le flux de mon pouvoir, qui me paraissait jaillir de mes narines, mes yeux, mes oreilles, mon aine, l'extrémité de mes doigts, jusqu'à la pointe de mes cheveux. J'ai senti mon ventre se dégonfler, sous la cicatrice du faux nombril que ma mère la sorcière Ingrid avait dessiné peu après ma naissance. Mes joues se sont creusées.

La chair de mes cuisses a pris une autre compacité, comme si je me déshydratais. Les os saillaient sur mes mains, qui étaient parcourues de veines bleues rampantes, comme celles d'une vieillarde. J'ai encore inspiré, mais l'air qui a pénétré mes poumons avait un goût de fer. Une saveur de sang. J'ai toussé, et cette toux, rauque, basse, était celle d'un autre être ; le son d'une grosse pierre roulant au bas d'un abîme.

Quand j'ai cessé de nommer les villageois, mes bras sont retombés à mes côtés, à l'instar de ceux d'un pantin de bois dont on a coupé les fils. Je me suis avachie, le fardeau du sort maléfique pesant sur mes épaules comme le bât sur une mule, et je me suis endormie.

12

Lorsque j'ai relevé la tête, le ciel était rouge ; des nuages noirs y couraient plus vite qu'aucun vent n'eût pu les pousser, puis ralentissaient, demeuraient immobiles, et sans que rien ne vînt l'expliquer, reprenaient leur allure folle. Une petite voix, acide, fluette mais certes pas enfantine, m'a chantonné à oreille :

Voici le soir charmant, ami du criminel ;
Il vient comme un complice, à pas de loup ; le ciel
Se ferme lentement comme une grande alcôve,
Et l'homme impatient se change en bête fauve.

Je me suis vivement retournée, pour découvrir celui qui, d'une voix si singulière, m'adressait cette étrange strophe ; mais j'étais seule. Le monde paraissait à jamais changé. Sous le ciel pourpre, les maisons de Skelleftestad brûlaient d'un feu sans flammes, et un hibou grand duc avait suspendu son vol, juste au-dessus du temple, ses aigrettes se dressant en ma direction. Les yeux du rapace exprimaient un grand effroi, bien qu'il fût absolument figé, ou peut-être à cause de cela.

Les arbres, mes alliés, que j'aimais tant depuis la petite enfance, étaient des spectres violacés, des damnés tendant tous, en ma direction, des branches implorantes.

«Je ne peux rien pour vous, puisque je suis la source des tourments», ai-je cru murmurer. Je savais pourtant que je ne pouvais parler. La magie avait scellé mes lèvres. Trois gros chats, un gris, un noir, un fauve, à moi inconnus, se tenaient désormais assis près de la cheminée, quelques mètres plus loin, sur les bardeaux. L'un d'entre eux s'est léché la patte, un autre a bâillé. Le troisième a fixé sur moi ses yeux émeraude et il a dit:

– Tu l'as appelé.

Les deux autres chats se sont mutuellement contemplés, comme on fixe, dans un miroir, son reflet. J'ai voulu leur demander qui j'avais appelé, mais je savais déjà qu'il s'agissait de celui qui m'avait chanté le soir charmant.

Je me suis encore réveillée, dans mon lit, cette fois, alertée par les cris d'Ingrid.

– Johanna ! Descends prendre ton petit déjeuner ! Dernier appel ! Greta a fait des crêpes, elles refroidissent !

J'ai posé, sur la descente de lit, un pied hésitant. Je me sentais faible. Mais non, j'allais bien. À mesure que passaient les minutes, tandis que je me débarbouillais dans la cuvette d'émail, passant en frissonnant un peu d'eau froide sur ma nuque, mes craintes se sont dissipées. J'ai enfilé ma veste par-dessus ma robe en descendant les escaliers.

Les événements de la nuit prenaient des allures de rêve. N'en avait-ce pas été un ? Le monde de la magie permet difficilement de faire la part des choses. Les humains, chez qui les actes impossibles ne naissent que du songe, ont la tâche plus facile. Les sorcières n'ont pas de réalité tangible. Plus elles sont puissantes, plus la frontière entre l'onirique et leur monde magique est ténue.

Avais-je donc rêvé ma rouge nuit ?

– Voilà enfin la grande magicienne, la sooorcièèère aux mille pouvoirs ! a dit Greta, posant à ma place, sur la table, une pile de crêpes.

– La sorcière sur le toiiiit… a grincé Agnès.

Non, je n'avais pas rêvé.

Ingrid rayonnait.

– Allons, allons, pas de jalousie ! Mes filles, quelque chose me dit que nous allons avoir de l'animation. Et ce matin, c'est marché, hou, hi, hi ! Johanna, dépêche-toi de manger, nous devons aller constater les effets de ta plaisanterie.

Je ne sais pas ce que Greta met dans ses crêpes – si les femmes ordinaires ont des recettes secrètes, je laisse imaginer ce qu'il en est des sorcières cuisinières – mais une fois qu'on a commencé à en manger, on ne s'arrête plus. Il n'est même pas nécessaire d'y ajouter du sucre, de la crème ou de la confiture. Mon père a pour habitude d'en engloutir des quantités invraisemblables. Il se régale tant qu'il sourit en mangeant, nous offrant ainsi le hideux spectacle des crêpes mâchées dans sa grande bouche entrouverte.

– Où est papa ? ai-je demandé.

– Sur la route de Pitea, pour y construire sa fameuse charpente d'auberge.

– Son travail aux petits haricots, a dit Greta.

– C'est papa ! Ce n'est pas sa faute s'il est un peu… Je trouve ça minable de se moquer de lui.

Le temps passant, surtout depuis qu'elles étaient sorcières, mes deux sœurs venaient à adopter, à l'égard de Nils Swedenborg, la même condescendance sarcastique qu'affichait notre mère. Cette dernière a fait claquer un torchon.

– Notre chère Johanna a le sens de la famille ; elle aime son petit papa, elle le défend contre les médisances. C'est charmant. Quelle âme délicate ! Ce serait encore plus touchant si elle ne venait pas de lancer un sort qui va mettre Skelleftestad à feu et à sang.

13

Nous n'avons pas eu à attendre longtemps ; on se battait déjà, lorsque nous nous sommes approchées de la place du marché.

La poissonnière allongeait le bras par-dessus son étal pour frapper Ulla, la mercière, à grands coups de congre. Elle criait :

– Non, il n'est pas bon, aujourd'hui, mon poisson ! Non, il n'est pas frais ! Il y a même des chances pour qu'il rende bien malade ! Mais tu vas m'en acheter, vieille chèvre, parce que je veux ton argent !

La mercière ne cherchait même pas à esquiver les horions ; frémissante de haine, le visage blême, elle se contentait de répliquer :

– Je ne t'ai jamais aimée ! Crois bien que si j'avais le temps j'irais le pêcher moi-même, mon poisson, plutôt que de me laisser gruger ! C'est bien parce que mon mari en mange des kilos que je t'en achète !

Puis elle nous a aperçues. Elle a mis les poings sur le haut de sa jupe, hérissant ses épaules pointues.

– Ma parole ! Voilà cette garce d'Ingrid, et ses trois pintades ! Toujours attifées comme des courtisanes !

– Chère Ulla ! Quelle radieuse matinée ! Quelle douce fraîcheur ! a dit notre mère. Vous êtes pimpante ! Et cette exquise odeur de poisson !

– C'est ça ! Fais ta sucrée, espèce d'hypocrite ! a craché Ulla, qui continuait à recevoir des coups de congre sur la tête et les épaules.

Plus nous avancions au cœur du marché, plus celui-ci prenait une apparence de pandémonium. Il me serait pénible de répéter par le détail tout ce qui s'y disait, car le vocabulaire de cette matinée était relâché ; les gros mots y fleurissaient, et ma bonne éducation renâcle devant tant de grossièreté.

Tout cela confirmait ce que j'avais subodoré, ce pour quoi, à dire vrai, j'avais choisi ce sort : il n'est pas nécessaire d'infliger à l'humanité quelque magie extérieure pour la plonger dans le chaos ; il suffit de faire appel à ses instincts enfouis, tout juste ripolinés d'une couche infime de diplomatie. L'horreur affleure, comme des récifs acérés sous une innocente surface d'eau navigable.

Le tanneur de Skelleftestad s'en prenait, lui, au vendeur de peaux itinérant, qui passait à l'occasion par le village. Il le tenait par le col ; sa fureur était telle qu'on eût cru ses yeux prêts à jaillir des orbites.

– Dis donc, mon gaillard ? Tu te souviens des peaux de lapin que tu m'avais vendues, il y a cinq ans ? Je n'ai rien pu en faire. Elles étaient mangées aux mites, presque toutes. Tu les avais bien cachées sous les autres, hein ?

Le vendeur de peaux, à moitié étranglé, n'en a pas moins répliqué, d'une voix mauvaise :

– Si je m'en souviens ? Ha ! Tu n'as pas eu le courage de me le reprocher, quand je suis revenu le mois suivant. J'ai ri de ta couardise. Et tu crois que c'est la seule fois où je t'ai eu ? Mais, pauvre imbécile, ça fait des lustres que je te fourgue de la camelote ! J'ai aussi embrassé ta sœur dans le cou, quand tu avais le dos tourné ! Elle n'est pas farouche ! Aussi bête que son frère, mais elle a au moins la peau douce ! Et je m'y connais !

Le tanneur a resserré sa prise. La figure du marchand itinérant a pris une teinte violine. Ingrid a fait mine de s'interposer, prenant dans sa diatribe un accent des plus distingués.

– Messieurs ! Je vous en prie ! Toute cette violence, et devant des enfants ! Tenez-vous ! Soyez un peu… *smart* !

Le tanneur s'est tourné vers ma mère, sans lâcher pour autant le col du vendeur de peaux.

– Alors toi, ferme ça ! On s'en souvient tous, à Skelleftestad, de l'époque où tu tortillais du croupion pour te trouver un mari ! Et crois-tu qu'on s'est ébaudi, quand tu as fini par épouser l'autre demeuré !

Notre mère, Ingrid la sorcière, a posé une main sur son cœur, feignant une peine qui l'eût laissée muette. Vivante statue de l'affliction, et de la douloureuse surprise.

Le tanneur nous a ensuite regardées, Greta, Agnès et moi.

– Il nous reste tes filles. Elles deviennent girondes, ces espèces de petites…

Jamais je ne saurai quelle espèce de petite j'étais aux yeux de ce brave homme, car le marchand de peaux, profitant de la brève inattention du tanneur, venait de lui donner un coup de genou dans le bas-ventre. Ce qui l'a soudain interrompu.

Il s'est écroulé, entraînant son ennemi dans sa chute.

– Tortiller du croupion! Mooon Dieu, quel monde! a dit Ingrid, déployant l'ombrelle inutile, mais tellement chic, qu'elle réservait pour les occasions mondaines.

– Venez, mes enfants. Nous n'avons décidément pas notre place au milieu de toute cette trivialité.

Le marché n'était plus que le théâtre d'une gigantesque bataille, pas du tout rangée. C'était plutôt la foire d'empoigne.

– Un sort de sincérité! Quelle merveilleuse idée, Johanna! s'est réjouie ma mère, rayonnante. Ils vont être obligés de dire tout ce qu'ils pensent, à tout le monde, et à voix haute! C'est si... drôle! Ils sont partis pour s'entre-déchirer! Je t'applaudis, Johanna. Mon cœur de mère est comblé!

– Oui, bon, ça ne durera quand même qu'une semaine, a grognonné Agnès.

Ingrid a souri aux nues.

– Mais c'est là que notre Johanna a montré sa subtilité! Si ça perdurait, tout Skelleftestad s'étriperait, il n'y aurait pas un survivant! Une semaine, c'est juste ce qu'il faut pour provoquer, certes quelques crimes, mais surtout des brouilles irréversibles, des chagrins définitifs, que la tartuferie retrouvée sera incapable de réparer ! Ce village va devenir irrespirable. Tu les as maudits, Johanna. Maudits pour des générations ! Félicitations ! Tu marches sur les brisées de nos collègues les plus détestables !

J'eusse dû me réjouir de ma grande réussite ; sans précisément savoir pourquoi, je n'étais pas trop à mon aise. Faites attention à vos souhaits, a-t-on dit, ils pourraient bien se réaliser.

– Je vais leur donner le choléra, tant qu'on y est, a dit Greta, morose.

Ingrid jouait avec son ombrelle.

– Non, non, non ! Surtout pas ! Le mieux est l'ennemi du bien. Tu n'avais qu'à y penser plus tôt, au lieu de faire des gâteaux.

14

Au sortir de la place du marché, nous avons croisé Otto et Lotta, un couple d'amoureux devant lequel tout un chacun s'attendrissait ; ils étaient fiancés, et leur bonheur avait jusque-là semblé parfait.

Otto, ce matin, pleurait.

– Mais je t'aime, a-t-il gémi, sans nous voir. Je t'aime ! Et tu m'as répété mille fois que tu m'aimais aussi !

– J'ai menti, a répondu Lotta, qui avait l'air dédaigneux. Je m'ennuyais, et je voulais quitter mes parents. Ce n'est pas que je te déteste, non... tu m'es indifférent.

Otto s'est pris les cheveux, ses traits déformés le rendant presque méconnaissable.

– Ce n'est pas possible !

Lotta a posé une main sur son bras.

– Mais ça ne nous empêche pas de rester ensemble. Je pense que je m'ennuierais, sans toi. Seulement, quand je rencontrerai l'homme de mes rêves, je te quitterai.

– Je vais mourir…

– Mais non. C'est stupide de mourir par amour. Il faut avoir l'esprit pratique.

Nous les avons laissés ; Ingrid et mes sœurs arboraient l'expression du chat qui vient de gober le canari. Il m'était difficile de savoir ce que, moi, je ressentais. J'étais à l'origine du chaos.

Et je te donnerai, ma brune,
Des baisers froids comme la lune
Et des caresses de serpent
Autour d'une fosse rampant.
Quand viendra le matin livide,
Tu trouveras ma place vide,
Où jusqu'au soir il fera froid.
Comme d'autres par la tendresse,
Sur ta vie et sur ta jeunesse,
Moi, je veux régner par l'effroi.

– Est-ce que vous avez entendu ? Oui ? Non ? Vous l'avez entendu ? ai-je demandé, soudain essoufflée, tournant ma tête en tous sens.

Greta m'a regardée sous le nez.

– Entendu quoi ?

– La chanson… La petite voix.

– Qu'est-ce qu'elle raconte, encore ? a grogné Agnès, qui avait la jalousie tenace.

Ingrid, notre mère, gambadait devant ses filles, enivrée par le parfum de discorde et de meurtre qui flottait sur le village. Elle ne faisait pas attention à nous.

– Rien, ai-je dit.

J'avais peur d'être raillée. Mais cette petite voix, qui venait encore de me chanter ces strophes, était celle de la nuit précédente. Je me suis remémoré le ciel de sang, le grand duc immobile dans les nues, les arbres torturés ; puis m'est revenue à l'esprit la phrase du chat : « Tu l'as appelé. »

Qui ? Qui avais-je fait venir ? C'était lié à mon sort, à l'intensité de ma magie ; c'était quelque chose de redoutable, même pour une sorcière. Et cela avait à voir, j'en venais à le croire, avec cette petite voix qui me chantonnait à l'oreille.

Le bruit des rixes, la clameur chargée de venin, les chocs des objets lancés contre des vitres ou des personnes, rien de tout cela n'a baissé en intensité, de toute la journée.

Ingrid, pour fêter ma prouesse, s'était lancée dans la confection d'une soupe aux yeux de lézard, nec plus ultra de la gastronomie sorcière. Greta lui prêtait main-forte, elle qui souhaitait que rien de ce qui était culinaire ne lui fût étranger. Agnès boudait dans la chambre, affectant d'étudier le *Livre des morts égyptien*, dont je savais qu'elle le connaissait par cœur. Allongée sur mon lit, j'écoutais le résultat du sort que j'avais lancé.

Puis le soir est venu ; le fracas s'est fait chuintement, le chuintement, soupir. Chacun rentrait chez soi, reprendre des forces pour les exécrations de lendemain. Mais la terrible vérité allait poursuivre mes victimes jusque dans leurs foyers, et c'était au cœur des familles qu'elle frapperait le plus cruellement.

Mon père, Nils Swedenborg le charpentier, est rentré alors que la lune était haute, se découpant dans l'ovale de la fenêtre du palier. J'ai dévalé les escaliers pour sauter à son cou.

– Papa ! Tu ne devais revenir que demain !

– Ma Johanna ! Tu sais comment c'est que ton père, il travaille avec une, avec un… Avec la rapiderie d'un…

– Guépard ? ai-je suggéré.

– Chais pas que qu'est-ce que c'est, mais si tu le dis, c'est ça !

J'étais si heureuse de le retrouver. Et, ainsi que j'en étais certaine, mon sort, bien qu'il l'eût touché comme tous les autres, ne l'avait pas changé. Mais ne voulais-je pas m'en convaincre ? Et si quelque horreur venait à franchir ses lèvres ? J'en étais glacée.

– Nils ! Quelle bonne surprise !

C'était Ingrid, qui descendait les escaliers, montrant les dents en un sourire carnassier.

15

Nous avons fait réchauffer la soupe aux yeux de lézard pour Nils Swedenborg le charpentier, le père ingénu, l'innocent mari. Ingrid, Greta, Agnès et moi nous sommes assises autour de la table. Je savais ce qui préoccupait mes sœurs et ma mère autant que moi, puisque nous n'avions vu Nils depuis la nuit du sort, il était parti si tôt à l'aube : qu'y avait-il de caché en lui, qui ressortirait, maintenant que la magie l'obligeait à livrer ses pensées ?

– Comment s'est passé ton travail ? a questionné Ingrid, en apéritif.

– Ben, oh, ah, vraiment très très bien. Très très très bien. J'ai des ouvriers qu'ils sont adorables. Mais vous les connaissez.

– Moi, je pense qu'ils sont quand même un peu cossards… a suggéré Agnès.

– Tu trouves ? En fait, je crois que si Alf, il travaille

pas vite, c'est à cause que son poignet il est fragile, comme il dit. Et Alf, il mentirait pas, depuis le temps qu'on se connaît !

– Et s'il te mentait ? ai-je dit.

– Pas possible. Ou alors c'est qu'y aurait une raison trop grave qui l'obligerait, le pauvre…

Dans la nuit du village, au-dehors, on a entendu un grand cri, suivi d'une détonation. Ingrid est allée à la fenêtre, l'a ouverte, puis a crié :

– Silence ! Y en a qui voudraient être tranquilles, si ça ne vous dérange pas, bande de gougnafiers !

– Qu'est-ce que c'est qu'y a ? s'est enquis mon père.

– Oh, pas grand-chose. Les gens ont vraiment été insupportables, aujourd'hui, a soupiré Ingrid en refermant la fenêtre.

Nous avons soumis Nils Swedenborg à un feu roulant de questions. Il opposait une candeur formidable, et une indéfectible bienveillance, à toutes nos insinuations. Les canailles avérées trouvaient grâce à ses yeux.

– Moi, a-t-il déclaré en lampant le fond de son bol de soupe, je crois que tous les gens ils sont gentils, même si des fois on croirait que pas.

Ingrid a pianoté sur la table, l'extrémité de ses ongles produisant un son sec, crispant.

– Moi, par exemple, je suis gentille ?

Mon père a baissé la tête, et fini par murmurer :

– Toi… Toi, c'est pas pareil…

– Tiens ! Tiens donc ! s'est exclamée notre mère, pourquoi, pas pareil ?

Nils n'osait pas relever la tête. J'ai vu que son visage rosissait. Ses gros doigts de charpentier, plusieurs fois cassés et réparés, se croisaient et se décroisaient.

D'une voix à peine audible, il a fini par chuchoter :

– Toi, tu es mon grand amour, ma femme chérie. J'ai même pas pensé si t'es gentille ou quoi. J'ai pas la place dans mon cerveau. Quand je pense à toi, c'est juste que l'amour que je vois.

Ingrid n'a pas répondu. Ses ongles ont redoublé leur danse sur la table. Elle a simplement laissé échapper un peu d'air par le nez.

– Et nous ? a interrogé Agnès.

– Mes filles ? Ouh, ben là, ouh, là là ! C'est le soir des questions qu'elles gênent ! Ben mes filles, elles sont parfaites. Vous auriez pas pu été mieux. Je suis tellement fier de vous que on me dit souvent que y faut que j'arrête de parler de mes filles, autrement j'arrête pas. J'ai ma grosse perle…

Nils a désigné sa femme.

– … et mes petites perles, a-t-il terminé en nous désignant, Agnès, Greta et moi.

Ingrid s'est levée d'un bond, raflant le bol de soupe pour aller le mettre dans l'évier.

– Parfait ! a-t-elle lancé, sur un ton qui laissait deviner l'ampleur de son exaspération. Tout le monde est gentil ! Tout le monde s'aime ! Tout le monde brille comme un sou neuf ! L'Univers est une corne d'abondance, remplie de bonté ! C'est paradisiaque !

– Oui, Ingrid chérie ! Je pense pareil ! s'est écrié notre père, plein d'entrain.

La grosse perle a laissé échapper le bol, qui s'est cassé sur l'émail de l'évier.

La nuit était ponctuée par des hurlements soudains, provenant des maisons de Skelleftestad. On s'entre-tuait en famille. Je pouvais affirmer sans risque qu'en matière de malveillance j'avais en effet réussi au-delà de mes espérances. J'étais… Je n'étais pas aussi satisfaite que j'eusse dû l'être. Et je me demandais pourquoi.

Je sais qu'il est des yeux, des plus mélancoliques,
Qui ne recèlent point de secrets précieux ;
Beaux écrins sans joyaux, médaillons sans reliques,
Plus vides, plus profonds que vous-mêmes, ô Cieux !

Je me suis dressée dans mon lit, rejetant avec violence draps et couvertures. Encore cette voix doucereuse. Dans l'obscurité de la chambre, j'ai senti une présence.

– Il y a quelqu'un ? Greta ? Agnès ? Maman ? ai-je demandé, à voix basse.

Personne ne m'a répondu.

J'ai allumé ma lampe, et manqué la laisser tomber sur ma chemise de nuit. Au pied de mon lit se tenait un petit homme replet, habillé d'un costume gris, dont la chaîne de montre pendait du gousset. Son visage était banal, son expression, benoîte. Ses mains menues, dodues, étaient plaquées l'une sur l'autre contre son ventre rond. Il me regardait, paisible.

– Vous êtes un demi-frère ?

Certes, il n'avait pas la dégaine fantaisiste de Marmaduke ; on eût dit un notaire ou un employé de banque. Mais notre mère, de son propre aveu, avait eu d'autres maris que le capitaine anglais.

– Tu n'y es pas, a dit le petit homme, et sa voix

était bien celle des belles chansons insidieuses. Non, je serais plutôt une sorte de père.

– Comment ça ? ai-je répliqué, plus haut, avant de considérer mes sœurs, qui étrangement continuaient à dormir.

– Tu peux parler aussi fort que tu veux, m'a dit le petit homme. Tu peux même crier. Je me suis assuré que nous ne puissions être dérangés. Personne ne se réveillera.

– Assuré ? De quelle façon ? Qu'est-ce que vous racontez ? Une sorte de père ?

– Toutes les sorcières sont un peu mes filles, mes filles de cœur, s'entend.

– Mais qui êtes-vous ? ai-je marmotté.

– Tu le sais bien, c'est pour cela que tu es maintenant si effrayée. Je suis le diable.

16

– Qu'est-ce qui me prouve que c'est vrai ? Alors c'est vous, l'ange déchu ? Le Malin ? Pardonnez-moi, mais vous n'avez pas exactement l'apparence du Prince de ténèbres…

À peine avais-je fini ma phrase que je la regrettais. J'ai enchaîné, sans reprendre mon souffle :

– Oui ! Non ! Je vous crois ! C'est juste que je ne vous imaginais pas…

– Comme ça ? a demandé le petit homme, désignant son gilet. Mais tu sais bien que je suis légion ! Allez, soyons fous ! Je peux aussi être…

Devant moi, se tenait tout à coup une grande femme noire enturbannée, au long cou orné de colliers d'or. Puis elle s'est transformée en enfant blond vêtu de loques, les joues creuses, les yeux cernés d'un gris bleuté ; ce dernier s'est changé en bouc, et le bouc, en lapin.

Puis le petit homme est revenu.

– Me revoilà ! Nous avons tous nos lubies. J'aime bien cette défroque, elle est comme un vêtement qu'on préfère aux autres sans trop savoir pourquoi. Je pense que j'ai trouvé là tout l'aspect grotesque de l'humain le plus médiocre.

Un sorcier, une sorcière habiles pouvaient se transformer ; pourtant je n'avais pas envie de demander au diable de me prouver, avec certitude, qu'il était ce qu'il prétendait. Cela me semblait peu judicieux.

– Tu as raison, ce serait imprudent, a dit le petit homme, bien que je ne me fusse pas risquée à exprimer mes pensées. Tu es pleine de sagesse. Avec le diable, on ne sait jamais…

L'ombre d'un sourire a glissé sur sa face lunaire.

– D'autant que je suis là pour te récompenser.

– Pardonnez-moi, mais me récompenser de quoi, monsieur le diable, euh, Lucifer ? Satan ? Belzébuth ? Méphistophélès ? Astra…

– Monsieur, appelle-moi monsieur, ce sera parfait. Cela s'accorde si bien avec mon gilet. De quoi voudrais-je te récompenser ? Allez, Johanna, ne joue pas les modestes. Ce que tu as accompli dans ce village est tout à fait épatant, pour une sorcière novice. Et je suis toujours disposé à encourager les bonnes volontés. Le sens de l'entreprise. Meurtres, viols, vols, escroqueries, tromperies, bien. On peut compter sur les humains. Mais c'est si prévisible. Et j'ai un faible pour l'originalité.

– Oh, oui, bien… J'y ai peut-être été un peu fort.

– Au contraire ! Déprends-toi de cette mesquinerie ! *Audaces fortuna juvat !*

– Ah bon ? Mais Skelleftestad va devenir un enfer, euh, si je peux me permettre, monsieur.

– Et alors ? À qui crois-tu parler ? À l'archange Gabriel ? À Jeanne d'Arc ? À sainte Blandine ? Et qu'est-ce qu'il y a, avec l'enfer ? *Home, sweet home !* Pourquoi est-ce que tout le monde dénigre mon petit chez-moi ?

– Il n'y a rien ! Rien du tout ! Les gens sont médisants ! Je suis même sûre que c'est très…

Le petit homme s'est assis au pied du lit, frottant une barbe imaginaire.

– Très chaleureux ? Aaah, Johanna, les douceurs du foyer… Bon ! Assez ri ! Ta récompense : tu as droit à un vœu.

– Un vœu ?

– Un vœu.

– N'importe lequel ?

– Je suis le diable, mon amie. Pas un marchand de farces et attrapes.

– Je veux que mon père soit intelligent !

Ç'a été un cri du cœur, lié, sans aucun doute, à cette discussion que nous avions eue, ma mère, mes sœurs et Nils Swedenborg, plus tôt dans la soirée. Il ne manquait plus que l'entendement à mon père, le gentil charpentier, pour qu'il fût entièrement heureux.

Le diable s'est levé, a tiré sur sa chaîne de montre, et s'est incliné galamment.

– Qu'il en soit fait selon ton bon plaisir, ma chère enfant. Ton père aura de l'esprit, dès le réveil. Tout l'esprit qui convient à un honnête homme, et plus encore. Ah, une vétille : ne parle de ma visite à personne, ou tu brûleras pour l'éternité. On m'a raconté que c'est pénible. Et maintenant, si tu veux bien me pardonner, le malheur m'attend.

Il a disparu. Je me suis allongée, mais je n'ai pas éteint la lumière à mon chevet.

Je ne me suis endormie que très tard, peu de temps avant le chant des oiseaux. Ce n'étaient pas les cris provenant du voisinage qui me maintenaient éveillée, mais la perspective d'un père enfin doué de raison. J'avais si souvent eu le cœur serré, à le voir floué, encore, et encore. Plus personne désormais ne se moquerait de lui. La visite du diable me semblait déjà irréelle ; cependant, je n'ai pas douté une seconde de ce qu'il y eût chez mon père, dès le matin, de grands et beaux changements. Une ère nouvelle s'ouvrait pour Nils Swedenborg le charpentier.

C'était si inespéré, ce prodige était bien au-delà des capacités d'une simple sorcière : donner de l'esprit à celui qui en a toujours été dépourvu. Alors pourquoi, sous mon crâne, cette phrase recommençait-elle à me hanter ? Méfie-toi de tes souhaits, car ils pourraient bien se réaliser…

17

La discussion de mes sœurs m'a réveillée.

– Je vais faire des crêpes, disait Greta.

– On ira voir qui a tué qui pendant la nuit, se réjouissait Agnès. Je vais mettre une belle robe pour le spectacle. Ça doit être quelque chose !

J'ai bondi du lit, entourant mes épaules d'un châle, et j'ai dévalé les escaliers. Notre père, qui, aux jours de ses travaux importants et lointains, se levait plus tôt que nous, était encore à table ; il finissait son repas. La grande trousse à outils de cuir qu'il gardait avec lui, comme d'autres une bourse, ne le quittant jamais, était posée sur la chaise qui jouxtait la sienne.

– Bonjour papa ! Où est maman ?

– Elle dort encore. La nuit a été bruyante. Les voisins m'ont semblé plus agités qu'à l'ordinaire. Ou bien est-ce l'effet de l'imagination d'un homme fatigué et tourmenté par les nécessités d'un chantier compliqué ?

Alléluia ! C'était la première phrase élégante de Nils Swedenborg, qui grâce à moi s'engageait sur le chemin de la lumière. Je me suis efforcée de dissimuler mon excitation.

– Oui, c'était assourdissant, n'est-ce pas ? J'ai trouvé aussi que ça criait énormément.

– Tu es coiffée n'importe comment, Johanna, a dit mon père. Arrange-toi. Qu'on ne puisse pas ragoter. Tu n'es pas la fille de n'importe qui.

Jamais Nils Swedenborg ne m'avait fait la moindre remarque. Il eût été le premier, la veille encore, à ajouter du désordre dans ma coiffure en m'ébouriffant, avec un grand rire.

J'en suis restée interdite.

– Dis-toi que tu ne te trouveras jamais de mari, avec une dégaine de souillon. Nous ne pourrons pas éternellement t'héberger. Ni toi ni tes sœurs, d'ailleurs. Entre Greta qui passe son temps à se goinfrer, et Agnès obsédée par ses toilettes, ah, vraiment, vous faites un beau parti ! Mais il n'est pas trop tard. Nous allons vous remettre à votre place, et reconsidérer la tolérance à vos manières. J'ai bien réfléchi à tout cela, ce matin. Quant à ta mère…

J'ai rentré la tête dans les épaules, avant d'involontairement cligner des yeux.

– … Il va falloir qu'elle arrête ses voyages incessants. On va finir par jaser là-dessus également, dans Skelleftestad. La place d'une épouse est au foyer. Oui, Johanna, et ce n'est pas la peine de faire cette tête. J'ai décidé de reprendre en main cette famille. Il n'est que temps.

Après son effarant monologue, Nils Swedenborg a ramassé sa lourde trousse, et il est parti sans un mot, me laissant vacillante au milieu de la cuisine.

Agnès et Greta m'ont forcée à les accompagner dans les rues du village. Nous avons croisé Axel, à peine remis de ses aboiements, mais qui marchait à pas lents en direction du dispensaire, les deux dents d'une longue fourchette à viande plantées dans l'épaule.

– Hou, hi, hi… Il se prenait pour un terrier, et maintenant, on le traite comme un gigot, a chuchoté Agnès.

Mes sœurs ont éclaté de rire.

– Sales pestes, a gémi Axel, trop épuisé pour s'énerver.

Je me suis efforcée de deviner ce qui avait pu

advenir au reste de la famille Wisborg, mais j'y ai renoncé ; ils étaient nombreux. Les combinaisons de drames possibles étaient infinies.

Partout, on croisait des gens hagards. En une journée et une nuit, mon sort avait plongé le village dans les affres de la zizanie. Nous avons aperçu, au loin, le marchand de peaux et le tanneur qui continuaient à se battre, bien qu'ils se montrassent visiblement si éreintés que leurs coups ne portaient plus.

J'en ai eu la nausée. C'est à ce moment que j'ai compris ce que je m'étais dissimulé avec tant de ferveur, depuis des mois : mon côté humain l'emportait sur ma part de sorcière.

Ou plutôt, non. Ce n'était pas cela. Précisément, l'ascendant de Nils Swedenborg, et de lui seul, avait été plus important que celui d'Ingrid.

Bien que je fusse née d'un œuf vert, bien que je comprisse le langage des chats, que des « hou, hi, hi » m'échappassent plus souvent qu'à mon tour, et que j'eusse des demi-frères et demi-sœurs démoniaques répandus à la surface du monde, je tenais surtout du gentil charpentier. Sans mon père, je pense que la part de malignité inhérente aux sorcières m'eût envahie sans entrave, sans frein, car le spectacle des agissements quotidiens à Skelleftestad n'était pas de nature à me réconcilier avec l'humaine nature. Pourtant, Nils Swedenborg n'était qu'homme, simple, et sans aucune magie. Mais la vision de ses bienfaits, de ses attentions sans cesse renouvelées, de sa confiance sans mélange, l'observation de son comportement jour après jour avaient bouleversé l'ordre de ce qui eût été. Je ne pouvais me contenter d'entrer, pour de bon, dans la peau d'une sorcière qui semait terreur et calamités.

Ingrid nous a rejointes après que nous avions fait un tour dans le village, et nous apprêtions à rentrer.

– Mes filles ! J'ai entendu ces imbéciles crier comme des cochons qu'on égorge, jusqu'à point d'heure ! Il est bien beau, ton sort, Johanna, mais c'est bruyant ! Alors, alors ? Qu'est-ce que j'ai manqué ?

Agnès s'est esclaffée.

– Sigvard le bûcheron a dit à Matz qu'il lui avait volé sa clé d'or, l'année dernière, et qu'il s'en réjouissait chaque fois qu'il voyait sa sale tête.

– À Matz le maçon ?

– Oui, pas Matz le barbier ; ç'aurait été beaucoup moins drôle avec ce gringalet ! Imagine ces deux colosses en train de se taper dessus ! Sigvard a fini par prendre sa hache, Matz, sa masse... le combat des dieux ! Thor, Wotan et toute la clique, hou, hi, hi !

– Qui a gagné ?

– Ho, eh bien, Sigvard a planté sa hache dans le manche de la masse de l'autre, et ils n'arrivaient pas à dégager leurs outils ; ils ont donc continué à mains nues. Pour l'instant, Matz a les deux yeux pochés, et Sigvard, une main qui a doublé de volume.

– Tout ça parce que ces gens ont de vilaines pensées. Prenez-en de la graine, mesdemoiselles.

– Attends, il y a plus drôle ! a dit Greta. Nous avons croisé Desideria, qui nous a expliqué tout de go qu'elle allait empoisonner les repas de son grand-père, parce qu'elle en a assez d'attendre l'héritage.

– Les vilains cadavres sortent des affreux placards !

– Dans le cas de ce cher grand-père, je dirais qu'il s'apprête à y entrer !

Ma mère et mes sœurs se tenaient les côtes. Je prenais la mesure de mon sort, et je pensais à l'attitude si inquiétante de mon père.

18

C'est avec une grande appréhension que j'ai attendu le retour de Nils Swedenborg. Ses résolutions du matin, je voulais le croire, s'étaient sans aucun doute dissipées ; nous allions retrouver le doux charpentier, au cerveau vierge de toute pensée cohérente.

Pour ce qui était de Skelleftestad, mon sort cesserait de faire effet en moins d'une semaine. À part quelques fâcheries persistantes, la vie du village reprendrait son cours.

Il est assez impressionnant de constater à quel point on arrive à se duper, lorsqu'on n'est pas décidé à faire face aux conséquences de ses actes. Bien sûr que plus rien ne serait comme autrefois ; voulant jeter une poignée de pierres, j'avais provoqué une avalanche.

– Nom d'une pipe ! Cette maison est d'une saleté !

À quoi bon nourrir quatre femmes, si elles ne sont même pas capables de faire le ménage ?

C'était une entrée en scène tout en finesse. Après avoir repoussé la porte du pied pour la claquer dans son dos, mon père a jeté sur la table sa trousse à outils.

– C'est vrai, quoi !

Ingrid l'a regardé sans rien dire.

– Et j'ai faim ! J'ai dû travailler pour plusieurs. Ce bon à rien d'Alf, je me demande ce qui m'a pris de l'engager ! Je m'en vais le virer, ça ne va pas traîner ! Qu'est-ce qu'on mange ? J'espère que ce n'est pas encore une de ces soupes !

– Bonsoir, Nils, a dit ma mère.

– Oui, c'est ça. Je vais me débarbouiller. Que ça soit chaud quand je descendrai.

Notre père a monté les escaliers ; on l'entendait marmonner rageusement.

– Mais qu'est-ce que c'est que ça ? a demandé notre mère, tirant assez fort sur un rideau pour le déchirer en partie. Qu'est-ce qui lui prend, à celui-là ? Et pourquoi est-ce qu'il parle normalement ?

J'ai failli me trahir, et tout avouer ; mais la perspective de l'enfer est un pense-bête efficace.

– C'est peut-être mon sort, ai-je suggéré.

– Ça m'étonnerait. Primo, jamais Nils n'a pensé ce genre de chose, alors je ne vois pas pourquoi il l'exprimerait à voix haute. Secundo, ce sort n'est pas censé rendre moins stupide.

– Et s'il avait eu un accident sur son chantier? S'il était tombé sur la tête? a lancé Agnès, qui en oubliait de lisser amoureusement sa robe, comme elle le faisait en toutes circonstances.

– Qui est tombé sur la tête? a demandé Nils Swedenborg, descendant les marches d'un pas lourd qui faisait grincer les lattes de bois.

– … Alf? Il est peut-être tombé? Ça doit être pour ça qu'il était moins… actif, aujourd'hui?

Mon père a haussé ses larges épaules.

– Ne sois pas sotte, Johanna. D'ailleurs, la bêtise est une paresse de l'esprit. Tu me feras le plaisir de réfléchir avant d'avancer des hypothèses farfelues. Alors, Ingrid? Nous pouvons manger, oui ou non?

Durant tout le dîner, notre père s'est montré odieux, hautain, railleur. Je n'avais qu'une crainte: qu'Ingrid, prise d'une légitime exaspération, lançât un sort atroce à son mari. J'ai croisé plusieurs fois le regard courroucé de ma mère, et je l'ai priée, de toute la force de mon expression, d'être clémente.

Nils Swedenborg pérorait à propos de son chantier ; il s'étalait, à table, on eût dit qu'il avait doublé de volume. Il riait à l'occasion, mais c'était plutôt une sorte de ricanement satisfait, dénonçant un sentiment de supériorité méprisante.

– Je ne sais pas pourquoi je vous raconte tout ça, s'est-il écrié, au bout d'un moment. Ce sont des affaires d'hommes, vous n'y entendez rien. Autant discuter architecture avec… des poules, ha, ha !

J'ai vu la main de ma mère qui s'élevait au-dessus de la table, et je me suis dressée d'un bond, criant presque :

– Qui veut du dessert ? Greta nous a fait un délicieux fondant aux poires !

La main de la sorcière est retombée. Mon père aimé a fait une moue que je ne lui connaissais pas, qui eût trouvé sa place sur les lèvres d'un empereur romain décadent.

– Une part de gâteau, pourquoi pas ? La gamine a un petit don pour la pâtisserie. Mais, Johanna, je te prierai à l'avenir de ne plus parler à table sans autorisation. Tu lèveras le bras pour solliciter la parole. C'est aussi vrai pour tes sœurs, a-t-il ajouté en toisant Agnès et Greta, qui n'en pouvaient mais.

19

Quand nous nous sommes retrouvées dans notre chambre, mes sœurs ont laissé éclater leur indignation.

– Il est devenu complètement fou !

– On va le soigner vite fait, c'est moi qui vous le dis !

– Non mais oui, non mais ! Nous n'allons pas nous laisser traiter comme ça !

– C'est à cause de ton sort ! m'a accusée Greta. C'est toi qui l'as mis dans cet état.

– Je ne crois pas, non, a dit Agnès. Maman est dans le vrai. Ça ne peut pas être le résultat du sort de Johanna. C'est anormal. D'autant qu'une sorcière – même maman – n'est pas assez forte pour rendre quelqu'un intelligent. Surtout papa. Ça vient de plus haut.

– Ou de plus bas, a chuchoté Agnès, désignant le plancher du menton.

– De plus… Ho ! Hooo ! s'est écriée Greta. Non ! C'est impossible. Il ne s'intéresserait pas à lui. Il a des tâches plus importantes. Qu'est-ce que tu en penses, Johanna ?

– Il ? Qui ça, « il » ?

– Mais enfin, tu… Bon, tu sais bien, lui !

Ma sœur désignait frénétiquement le plancher, d'un doigt tendu qui tremblait un peu.

– Haaa ! Lui ! Mais qu'est-ce que vous allez chercher ! Quand on s'occupe à des guerres, des famines et des épidémies, qu'a-t-on à faire d'un charpentier de village ?

– Johanna a raison.

– Une bonne nuit, et on y verra plus clair demain.

Une fois que j'ai été tout à fait sûre que mes sœurs étaient assoupies – les ayant interpellées plusieurs fois à voix basse sans obtenir de réponse –, j'ai commencé à murmurer, aussi discrètement que possible :

– Monsieur ? Monsieur ? Hou, hou ? Monsieur ?

Pas de sournoise chanson, pas de petit bonhomme aux vêtements soignés.

– Monsieur ?

Me rappelant soudain combien on nous avait seriné – à l'époque où, quand nous n'étions pas encore sorcières, notre mère nous obligeait à nous rendre sans cesse au temple afin de brouiller les pistes –, combien on nous avait seriné, répété sans relâche que le diable est par essence orgueilleux, j'ai tenté :

– Votre Grâce ? Votre Suzeraineté ? Votre Élégance suprême ? Votre Altesse ? S'il vous plaît, Votre Sérénité ? Votre très ultime Délicatesse ?

Rien, à part le léger ronflement de Greta. J'espérais tant entendre les strophes insinueuses, qui eussent trahi l'approche du Malin. Un cri m'est parvenu, mais c'était encore une querelle de villageois. Je souhaitais de tout mon cœur que Nils le charpentier se fût endormi aussi vite et aussi profondément qu'il y était accoutumé, car s'il poursuivait avec Ingrid, dans la chambre à coucher, le genre de discours qu'il avait tenu durant le dîner, il y avait fort à parier qu'au lendemain je me retrouverais fille de courgette, de pot à tabac, ou de je ne savais quoi de plus terrible encore.

D'une manière ou d'une autre, je n'avais que très peu de temps pour réparer les conséquences de mon souhait inconsidéré.

Je me suis habillée dans le noir, j'ai posé sur mes épaules ma lourde houppelande fourrée, et j'ai descendu les escaliers, me rendant si légère, par l'effet d'une infime magie, que je ne touchais pas les marches.

Le village était encore bien agité ; au détour d'une ruelle, j'ai distingué deux silhouettes, entendu des jurons. On se battait toujours. Écœurée, je n'ai même pas cherché à savoir de qui il s'agissait. Aussi vite que je l'ai pu, j'ai traversé Skelleftestad, avant d'atteindre l'orée des bois. S'il était un lieu où j'avais des chances de convoquer Monsieur, c'était au cœur de la forêt nocturne.

J'ai dépassé l'endroit où nous avions contemplé Axel Wisborg et sa branche de houx, m'enfonçant toujours plus avant entre les troncs lisses ou torturés.

Après un certain temps, que je ne saurais préciser, j'ai débouché sur une clairière. J'avais éraflé ma houppelande, je m'étais égratigné le visage, et c'était bien inutile, si on voulait considérer le fait qu'il m'eût suffi de voler au-dessus de la forêt pour atteindre cette clairière. Il me semble que je voulais me punir, pour tout ce que j'avais provoqué. La longue marche m'avait permis d'accoutumer mon regard à l'obscurité, si bien que la seule lumière des étoiles –

la lune était, ce soir, cachée par quelque nuage – me suffisait. J'ai assuré ma houppelande, je suis montée sur un gros tronc couché, prenant garde à ne pas glisser sur la mousse, puis j'ai crié :

– Monsieur ! Monsieur ! Je fais appel à vous ! Monsieur ! Montrez-vous !

Un battement d'ailes affolé, derrière moi, a dénoncé la fuite d'un oiseau.

– Monsieur ?

Le diable était donc orgueilleux. Si la flatterie ne faisait pas l'affaire, peut-être fallait-il faire appel à la susceptibilité. J'ai reniflé, comme débordée par un soudain mépris.

– Si on m'avait dit que le diable est peureux…

– Je ne l'aurais pas cru, si on avait prétendu devant moi que le démon n'est qu'un couard !

Rien ; toujours rien. Mes ruses m'ont paru bien enfantines. Après tout, on l'appelait « le Malin », pas « le Crétin ».

Un désespoir infini m'a envahie. Je ne voulais pas trouver, au matin, un père transformé en ciseau à bois, ou, pis encore, je ne voulais pas retrouver l'homme détestable qu'il était devenu à cause de moi.

– Espèce de démon moisi ! Vas-tu enfin te montrer, diable de carnaval ?

J'avais échoué. Voulant descendre du tronc, j'ai glissé, et me suis retrouvée allongée dans l'herbe froide de la nuit sylvestre.

20

Pouvons-nous étouffer le vieux, le long Remords,
Qui vit, s'agite et se tortille,
Et se nourrit de nous comme le ver des morts,
Comme du chêne la chenille ?
Pouvons-nous étouffer l'implacable Remords ?

Je quittais la clairière quand le chant du diable s'est élevé, dans mon dos. Je me suis retournée. Une silhouette immense, aux cornes épaisses, annelées et recourbées en spirale comme celles d'un moufon, se tenait là, cachant pour une part les étoiles du ciel.

– Ha ! Monsieur, enfin ! ai-je dit, feignant une joie surprise, alors que je m'efforçais de dissimuler mon épouvante.

L'apparition devait mesurer plus de vingt pieds ; elle atteignait la cime des arbres. Elle a laissé échapper une sorte de gloussement, mais sa voix était celle du petit homme falot :

– Je te prie, ma chère Johanna, de bien vouloir excuser cette tenue. Je n'ai pas eu le temps de me changer. Tu m'avais l'air si pressée...

Les yeux du monstre, et sa face, me demeuraient cachés ; cependant, l'air glacé de la forêt était empuanti par une odeur à nulle autre semblable.

– Monsieur...

– Je n'ai pas envie de jouer, cette nuit. Je suis le Prince, et c'est ainsi que tu m'appelleras, ridicule petite bêcheuse. Tu veux donc que je te rende ton idiot de père ? Tu le veux à nouveau bien bête et bien servile ? Tais-toi ! Est-ce que tu t'imagines que je ne connais pas les tréfonds de ton esprit de mortelle simplette ? Est-ce que je ne contrôle pas le moindre battement de ton cœur ? Est-ce que je ne pourrais pas, d'un souffle brûlant, anéantir ton pauvre village, et tous ses habitants ? Mais j'ai plus beau jeu à les laisser s'entre-dévorer. À qui croyais-tu avoir affaire, pauvre folle ? Ta mère ne t'a-t-elle pas prévenue contre mes emportements ? La sottise et les rodomontades humaines sont sans limites, mais toi, tu as du sang de sorcière dans les veines ! Tu n'as pas la moindre excuse.

– Prince, je ne voulais pas vous insulter. Ce n'était que du dépit, parce que vous ne vous montriez…

– Je t'ai dit de te taire ! Ce ne sont pas tes injures qui pourraient m'atteindre ! C'est ton ingratitude qui me navre. Le diable en personne te fait un cadeau, et dès le lendemain tu viens le sommer de le reprendre ?

– Je ne vous somme pas, Prince…

Les cornes se sont agitées dans le ciel, l'odeur infecte s'est encore accentuée. Je me suis forcée à ne pas boucher mon nez, mais j'avais du mal à respirer.

Il y a eu un interminable silence ; la forêt elle-même retenait ses souffles.

– Soit, a enfin dit le diable. Soit, je te rends un père à la bêtise intacte. Mais qu'il ne soit prétendu que je ne suis généreux. J'y ajoute un autre cadeau.

C'est pas pour dire, mais ce matin, y fait un temps, euh, magnifiquement magnifique. J'ai vu un petit oiseau, qu'on dirait un merle mais je suis pas sûre, qu'il s'est posé devant la fenêtre, alors tout à l'heure je venirai lui donner du pain. Mais là c'est le petit déjeuner. Greta, elle a fait des crêpes. Je saurais pas expliquer comment c'est pourquoi qu'elles sont si très bonnes. Ma sœur, ça serait comme qui dirait la meilleure cuisinière du monde entier. On est tous là autour de la table : Agnès (je sais pas le truc qu'elle a pour être habillée comme une princesse ou quoi), et Greta, mais Greta elle est pas vraiment à table parce qu'elle se lève tout le temps pour aller faire les crêpes, et maman et papa. On dirait que tout le monde, il s'aime. Dehors, les gens, ils crient des fois. C'est sûrement parce qu'ils sont contents. Papa, il pense ça, et moi aussi.

C'est pas croyable comment que la vie, elle est merveilleuse. Si je voudrais être plus heureuse, je pourrais pas.

Note de l'auteur

Le diable qui, en plus de tous ses horribles vices, est paresseux, n'a pas inventé ses strophes. Il s'est contenté d'arracher des pétales aux Fleurs du Mal *de Charles Baudelaire.*